新 潮 文 庫

炎 路 を 行 く 者

―守り人作品集―

上橋菜穂子著

新 潮 社 版

10633

目次

炎路の旅人……9

炎《えん》路《ろ》を行く者

守り人作品集

炎路の旅人

鷹《たか》の声

漆黒《しっこく》の天に、銀砂《ぎんしゃ》をまいたように、星が散っている。

船端《ふなばた》に寄りかかってチョル(煙草《たばこ》)をくゆらせながら、ヒュウゴはぼんやりと、船べりに打ちつける波の音と、船板がきしむ音を聞いていた。

甲板《かんぱん》を踏《ふ》む音が聞こえてきても、ふりかえらず、左手に持っている小さな紙が海風になぶられて揺《ゆ》れるのを感じていた。

「……いつまで、そうしている気だ」

ゆっくりとふりかえり、ヒュウゴは、小柄《こがら》な呪術師《じゅじゅつし》と向かいあった。

ソドクは、むっつりとした顔をしていたが、その目には隠《かく》しきれぬ気づかいの色がのぞいている。

ヒュウゴはほほえんだ。

「波の音ってのは、ふしぎだな。……心を鎮《しず》めてくれる。聞いていると、どんなことでも、たいしたことじゃないような気がしてくる」

ソドクは、ため息をついた。

「まあ、な」

そして、顎《あご》で、ヒュウゴが左手に持っている紙を示した。

「その知らせ、信じているのか。南のタ―ク〈鷹〉が関《かか》わっているんだろう」

ここ数日のあいだに、二羽《わ》の鷹が南の大陸から文《ふみ》を運んできたのだが、そのうちの一羽が運んできた密書には添《そ》え書《が》きがあった。

その添え書きを書いた男は、たしかに、ヒュウゴたちとは競合する立場にある、〈南翼《なんよく》〉のタ―ク――ハザ―ル王子側の密偵《みってい》――だった。

いわば敵側ともいえるのだが、部下をあちら側に潜《もぐ》りこませるときに、ずいぶんと世話になっている。

もう、いい年になっているだろうその老タ―ク〈鷹〉の、飄々《ひょうひょう》とした顔が目に浮《う》かび、ヒュウゴは唇《くちびる》のはしをゆがめた。

「……長い付きあいだからな。長いといえば、あんたとの付きあいより長い」

ソドクは眉根《まゆね》をよせた。

「ということは、おまえが〈南翼〉にいた頃《ころ》の知りあいか」

ヒュウゴは笑《え》みを深めたが、そうだとも、そうでないとも答えず、ただ、背を船端にあずけて、夜空にはためいている帆《ほ》を見あげた。

「寝《ね》てくれよ、ソドク。……おれはもうすこし、波の音の世話になる」

ソドクは肩《かた》をすくめた。

「寝るよ。言われんでもな。だが、おまえも早く寝ろ。風がよければ、二、三日で着くんだからな」

ヒュウゴは片手をちょっと振《ふ》ってみせた。

鼻を鳴らし、ソドクはなにかぶつぶつ言いながら船倉《せんそう》におりていった。

人の気配が消えると、海の気配だけがひろがっていく。

その圧倒《あっとう》的な暗さにひたりながら、ヒュウゴは目を細めて、チョルの小さな火を見つめていた。

〈南翼〉に潜入《せんにゅう》させている部下を、陰《かげ》でささえてくれている老タ－ク〈鷹〉の添え書きは、おもにハザ－ル王子の宰相《さいしょう》ハミルの動きに関するものだったが、最後に一行、政争とはなんの関わりもない言葉が書き添えられていた。

——……運河沿いのあの家の屋根には、まだ、鳥が群れていたぞ。

走り書きのように、そう書かれているのを読んだとたん、運河から吹《ふ》きあがってくる風に乗って舞《ま》い飛ぶ白い鳥たちと、その鳥たちに囲まれていた人の面影《おもかげ》が目に浮かび、その人の匂《にお》いさえ感じられた気がした。

（そういえば、彼《かれ》は行ったことがあったな、あの家に）

むかしのことだ。ずいぶんと遠い、むかしの。

この文《ふみ》を読んだ自分が、大きな決断をせまられることを察して、彼は、あの一文を書き添えたのだろうか。餞《はなむけ》のために。……あるいは、舵《かじ》を切ることをためらうな、と言っているのか。

ヒュウゴは苦い笑みを浮かべた。

むかし、彼が手をさしのべて、この路《みち》に乗せてくれた。——こんなところまで来る路に。

すさまじい路だった。

なんとか歩みつづけることができたのは、胸の底に、いつも思いかえすことのできる温《ぬく》もりがあったからだ。

白い鳥、白い手……運河沿いの、あの家ともいえぬ、粗末《そまつ》な小屋……。

ヒュウゴは目をつぶり、思い出が、奔流《ほんりゅう》のように流れだすにまかせた。

第一章　盾《たて》の滅《ほろ》び

1 炎《ほのお》の中を

南の大陸で、古い皇国《おうこく》がひとつ滅《ほろ》んだのは、冬も終わろうとする頃《ころ》だった。

タルシュ帝国《ていこく》に征服《せいふく》されたその国の名は、ヨゴ皇国。

〈天《てん》ノ神《かみ》〉の子孫が人身となって統《す》べていると信じられてきた国であった。


タルシュ軍がきた……という悲鳴のような叫《さけ》びで、ヒュウゴは、びくっと目をさました。

「お兄ちゃん！」

脇《わき》に寝《ね》ていた妹のナァンが、首にしがみついてきた。ぎゅっと抱《だ》きしめてやってから、ヒュウゴは妹の腕《うで》をそっと、母におしつけた。

「母上！」

わずかに開《ひら》いた戸の隙間《すきま》からもれている明かりが、夜具の上に起きあがって、枕《まくら》もとの荷物をつかんだ母の顔を、半分だけ白く浮《う》かびあがらせている。

都の下街、大運河の岸辺に建っている古い倉庫を隠《かく》れ家《が》にして、わずか三日。ほかの場所へ逃《に》げる間もない、あまりにも早いタルシュ軍の到来《とうらい》だった。

ヒュウゴが知るよしもなかったが、このとき、都のさまざまな場所にちらばっている〈帝《みかど》の盾《たて》〉の家族の隠れ家はみな、同時に、タルシュ軍によって襲撃《しゅうげき》されていたのだった。

〈帝の盾〉はヨゴ帝の近衛兵《このえへい》だ。他国の軍が宮殿《きゅうでん》を侵《おか》したときには、命を賭《と》してヨゴ帝を守りぬくことを本懐《ほんかい》とする最強の武人たちであった。

タルシュ軍は、手向かいをしない民《たみ》には手を出すことはない。しかし、近衛兵など、征服された国の長《おさ》に忠誠を誓《ちか》っている武人たちにたいしては、のちに敵討《かたきう》ちや、国の再興を考える者があらわれぬように、その家族から親族にいたるまで完全に虐殺《ぎゃくさつ》するので有名だった。

そのため、ヨゴ皇国軍が、都へ至る最後の防壁《ぼうへき》を明けわたしたという知らせが入ったとき、〈帝の盾〉たちは家族に別れをつげて、十数か所の、隠れるのによいと思われた建物へと分散させて逃がし、自分たちは、宮殿で帝を守る最後の任務についたのだった。

夜陰《やいん》にまぎれてヒュウゴたちを逃がすとき、父はヒュウゴの肩《かた》をつかんで言った。

「母と妹を守るのだぞ」

落ちついているものの、どこか感情がぬけおちたような父の顔を見ながら、覚悟《かくご》を決めた顔というのは、こういう顔なのかと、ヒュウゴは思った。

夜空が禍々《まがまが》しく赤く染まっていた。都の外郭《がいかく》を守るすべての大門《だいもん》が燃えあがり、炎が空をあぶっているのだ。遠くから、たえずドドーン、ドドーンと地鳴りのような音が響《ひび》いてくる。もはや守る者もない都の大門の外で整列し、夜明けを待つタルシュの大軍がたたいている太鼓《たいこ》の音だった。

ときおり、その響きに、耳慣れぬ甲高《かんだか》い笛の音《ね》がからまる。金属の笛の、細く高い音色が奏《かな》でる異国の調べは、明日《あす》の日の出とともに終わるヨゴの運命を暗示しているように、哀調《あいちょう》に満ちていた。

「泣くな、ヒュウゴ」

言われて、はじめて、ヒュウゴは自分が涙《なみだ》を流していることに気づいた。

「これぞ、〈帝の盾〉の本懐。——この日のために、われらは生きてきたのだ」

一点のくもりもなく磨《みが》かれた父の鎧《よろい》が篝火《かがりび》の光をはじいていた。

父が、ヨゴ皇国軍のなかでも精鋭《せいえい》中の精鋭〈帝の盾〉であるのだと、このときほど強く感じたことはなかった。父を誇《ほこ》りに思う気持ちが熱く胸にひろがった。

この清らかな父の鎧……白く輝《かがや》く清らかな〈帝の盾〉たちの鎧に、タルシュ軍が触《ふ》れられるはずがない。天ノ神さまが、そんなことをおゆるしになるはずがない。

（……かならず、かならず奇跡《きせき》が起きる）

最後の最後には、きっと奇跡が起きる。心善き者は報《むく》われるはずだ。父たちが命を賭して神の御子《みこ》をお守りし、忠義をつらぬきとおせば、その誠《まこと》は、天ノ神さまに伝わるはずだ。

「天に恥《は》じぬ武人になれ」

そう言って、父は口もとに、かすかに笑《え》みを浮かべた。

それが父の顔を見た最後になった。

「母上！　こちらへ！」

ヒュウゴは、枕もとに置いておいた剣《けん》を剣帯ごとつかみあげて、腰《こし》につけながら叫んだ。

ここへ逃げこんだ家族たちは、好機を待って、裏口から運河に出て船で逃げる計画をたてていた。タルシュ軍にかぎつけられたときも、船で逃げると告げられていた。そうするつもりなのだろう、廊下《ろうか》を裏口のほうへ駆《か》けていく、たくさんの足音が入りみだれて聞こえてくる。

妹の手をひいた母が、裏口へ向かおうとするのをヒュウゴは止めた。

「そちらではありません!」

裏口から運河へ出たら、助からない、と、ヒュウゴは思っていた。

タルシュ軍がまっさきに考えるのは退路を断つことだ。この建物が大運河沿いにあることを見れば、まず思いつくのが運河を使って逃げる手だろう。そう年上の若武者たちにたずねたが、触れたら切れそうなほどに緊張《きんちょう》し、こわばった顔をしている彼《かれ》らに、「成人ノ式も終えていない子どもはだまっていろ」とどなられただけだった。

たしかに、これだけの人数が逃げるためには船が一番だ。タルシュ軍に見つからないうちに逃げるなら、それが最良の手段だろう。でも、もしタルシュが攻《せ》めてきたら……そのときは、この建物は逃げ道のない地獄《じごく》になる。

伯母《おば》たちや祖父母、従兄《いとこ》たち、あるいは仲のよい友人たちと同じ避《ひ》難所《なんじょ》に割りあてられていたら相談できたかもしれないが、残念なことに、みな、別の避難所に分散していた。

だが、どなられて、ひっこんでいるわけにはいかない。

自分は武人の子だ。タルシュ軍が攻めてきたら、いさぎよく討《う》ち死《じ》にする覚悟だが、母や幼い妹には、生きのびてほしかった。

母と妹を守るためには、大人にたよっていてはだめだ。そう思ったヒュウゴは、この建物に着いたときから必死に逃げ道を考え、頭の中で手順を何度もくりかえしてきた。

いまこそ、その手を実行する時だ。

「ヒュウゴ？　どこへ行くつもりです？」

興奮して目尻《めじり》がつりあがった母が、うわずった声でたずねた。

「二階です、母上！」

「そんな……そんなところへ上がったら、逃げられなくなるではありませんか！」

「ですから、タルシュ兵も、きっと探すのを後まわしにします。わたしに、よい考えがあるのです。さあ、お早く！」

ヒュウゴは妹を抱いた母の手をつかむと、むりやりひっぱって廊下を階段のほうへ走った。興奮した女たちや子どもたちが裏口へ殺到していく流れにまきこまれぬよう、壁《かべ》にはりつくようにして進み、母の背を押《お》すようにして階段をのぼらせた。

数人の年かさの若者たちが、玄関《げんかん》の扉《とびら》を守って闘《たたか》いはじめたのだろう。剣が打ちあわされる高い響きと怒声《どせい》がわきおこり、悲鳴と、長靴《ちょうか》が石の床《ゆか》を蹴《け》る足音がそれにまじった。

階段をのぼって二階の廊下へ出ると、騒音《そうおん》が遠くなった。ひんやりと冷たい空気に、かすかに羊毛の脂《あぶら》っぽい匂《にお》いがただよっている。積みあげられた羊毛の包みからただよってくる匂いだった。

「しずかに。なるべく足音をたてないでください。こちらです」

ヒュウゴは、母と妹を導いて、廊下から羊毛倉庫へと入った。

「こちらは、運河とは逆の方向でしょう……」

言いかけた母が、ふと口をつぐんだ。玄関の戦闘《せんとう》ではない、裏口の方向から、悲鳴が聞こえてきたからだ。女たちの絶叫《ぜっきょう》を聞き、母の顔から一気に血の気がひいた。

「サムラさん、トウラさん……助けなければ……」

仲のよい友人たちの名を、ぼうぜんと口にして、母はふるえはじめた。

ヒュウゴは歯をくいしばり、無言で首を振った。そして、母をひく手に力をこめた。

自分の肘《ひじ》をつかんでひっぱっていくヒュウゴを、母が奇妙《きみょう》なものでも見るように見ているのを頬《ほお》に感じていたが、そんなことに、かまってはいられなかった。

ふいに母が立ちどまった。

おどろいてふりかえると、母は、けがらわしい、とでもいうように、つかまれている手をふりはらった。

「みなを見殺しにして、わたしたちだけ逃げるつもりなのですか。なんと……誇り高き〈帝の盾〉の息子《むすこ》ともあろうものが、なんということを……」

ヒュウゴは激しく首を振った。

「わたしは逃げません。母上とナァンをぶじ逃がしたら、ここにもどって闘います」

だが、眉根《まゆね》をよせた母は、なおも言いつのった。

「助かる逃げ道があるのなら、みなに教えてあげれば……」

焦《あせ》りと恐怖《きょうふ》にあぶられて、ヒュウゴは早口でどなるように言った。

「話そうとしましたが、子どもはだまっていろと、ののしられました！　それに、わたしが見つけた方法では、母上たちを逃がすのがやっとなのです」

こんなことをしている暇《ひま》はない。ヒュウゴは、もどかしい思いで叫ぶように言った。

「わかってください、母上、わたしは父上にお約束したのです。母上と、ナァンをかならず守ると！　いそがないと、やつらに見つかってしまう！」

そのとき、階下から、新たな細い悲鳴が聞こえてきた。ナァンがふるえた。

「アニヤちゃんの声だわ!」

ナァンが、ぱっと身をひるがえして走りだした。ヒュウゴが、あわてて手をつかもうとしたが、その手を、妹の細い手は、するりとすりぬけてしまった。

「ばか! だめだ、行くな、もどってこい!」

母といっしょに、もつれるように、妹のあとを追いながら、ヒュウゴは叫んだ。

「どうしたのか、見にいくだけ!」

妹は、まるでネズミのようなすばしっこさで、階段を駆けおりていく。そのあとを追って、ヒュウゴたちが階段をおりはじめたとき、煙《けむり》のにおいがただよってきた。屋根に火矢《ひや》が放たれたのだ。二階に火の粉が入れば、燃えやすい羊毛の倉庫だ。あっというまに火の手はまわってしまうだろう。

悪夢のようだった。

母が素直《すなお》に従ってくれていれば、いまごろ、羊毛の包みを荷馬車に積むための滑車《かっしゃ》を使って、ひそかに裏通りに下りられたのに。この建物には、その裏通りに面した出口はないから、タルシュ兵の見張りもいないはずなのに。半地下の厩《うまや》にある、羊毛を積む荷車にふたりを乗せて、逃がそうと思っていたのに……。

階段を駆けおり、ヒュウゴより一歩先に娘《むすめ》に追いついた母が、ひゅっと息をのんだ。裏口へ向かおうとしていたタルシュ兵と出くわしてしまったのだ。

「母上！」

ヒュウゴは叫んで、母の上におおいかぶさるようにして、その身体《からだ》を押したおした。倒《たお》れたヒュウゴの頭の後ろを、風が、ふんっと、通りすぎた。

倒れたおかげで、間一髪《かんいっぱつ》、タルシュ兵が横にないだ剣を頭に受けずにすんだが、すぐに、タルシュ兵は逆手に剣を持ちかえて、ふたりを貫《つらぬ》こうと、ふりかぶった。

ヒュウゴは剣を抜《ぬ》こうとあせったが、剣は、母の身体と自分の身体にはさまれてしまっていて、抜けない。

脇腹に焼けるような痛みが走った。母のうめきも聞こえた。

もがいたために身体の位置がずれ、タルシュ兵の剣はふたりの脇腹をかすって、石の床に突《つ》きあたって折れた。タルシュ兵が舌打ちして、短くなった剣を持ちかえている隙に、ヒュウゴは跳《は》ねおきて、自分の剣を抜いた。

向きあった瞬間《しゅんかん》目にとびこんできたのは赤銅色《しゃくどういろ》の顔だった。自分たちとはまったくちがうその顔におどろき、ヒュウゴはそのタルシュ兵が、自分よりわずかに年上くらいの少年兵であることには気づかなかった。

血走った目をして、折れた剣をちらっと見たタルシュ兵に、ヒュウゴは、わめき声をあげながら斬《き》りかかった。

命のやりとりをするのは、これがはじめてだった。父や師範《しはん》にたたきこまれた剣術の技《わざ》は、まったく思いだせなかった。ただ剣をふりまわし、すこしでも相手にとどかせようと必死だった。

背後で、どたどたと足音がした。兵士たちが、裏口の虐殺からもどってきたのだ。

それからのことは、ぬるくて、赤い、夢の中でもがいていたようで、ほとんどおぼえていない。

たぶん、少年兵と斬りあっているあいだに、母と妹は殺されたのだと思う。

少年兵に体当たりをし、その腕をしたたかに斬って、ふりかえった一瞬に、床に倒れているふたりが見えた。

その倒れ方は、生きている人のものではなかった。

それを目にした瞬間、心が、うつろになった。自分の目が見ているはずの景色が遠のき、うす赤い闇《やみ》の中へ消えていく。耳鳴りがして、息ぐるしかった。

二階に火がまわったのだろう。煙が波うちながら階下までおりてきている。

赤くにごった、ぬるい湯の中のようなこの場から逃げたくて、ヒュウゴは走った。

追ってくる兵士たちのことも、駆けあがっていく階段の上は、もう火の海だという
ことも、どうでもよかった。
追ってきた兵士たちは、ヒュウゴの姿が火の海に消えると、足を止め、なにか言い
あって、あざわらうような声をあげながら去っていった。
喉《のど》が焼ける。
ヒュウゴは、身体をまるめて炎の中を走りぬけた。
のぼっていく階段に、うすく煙がたなびいている。それが、ぼんやりと形をなした。
うすい灰色の小さな足が、階段をのぼっていく。
（ナァン……）
そうか、妹は助かったのだ、と、にごった頭で、ヒュウゴは思った。死んだのでは
なく、ああして煙になって、身体から滑《すべ》り出ただけなのだ。
ヒュウゴは、ゆがんだ笑みを浮かべて、滑るように動いていく妹のあとを追った。
遠くに、母の背も見えてきた。
（母上、よかった……！）
二階には、もうもうと炎と煙が渦巻《うずま》き、ヒュウゴはほとんど息ができなくなってい
た。

それでも、笑みを浮かべながら、ヒュウゴは灰色の妹と母に追いつき、その手をひいて、窓のほうへ走った。走りながら、ヒュウゴはナァンにささやいた。

（もう、大丈夫《だいじょうぶ》だよ、兄が考えた逃げ道があるのだ）

目がかすみ、汗《あせ》がふきだしてきた。息ができぬ肺が、胸の中でのたうっている。

煙が流れ出ていく方向へ走るうちに、羊毛の積み下ろしをする滑車が、窓の外に並んでいる場所へ出た。窓といっても、積み下ろしをしやすいように窓枠《まどわく》はなく、床からすぐに外へ荷を滑り出させるようになっている。

咳《せ》きこみながら、ヒュウゴは手近なところにあった羊毛の包みをほどいて半分中身をとりだした。包みはそのままにして、床に置いてある鉛の錘《おもり》《なまり》を両手でつかんだ。

（こうするのです、母上）

かたわらに、ぼんやりと見える母にほほえみかけ、ヒュウゴは鉛の錘を窓の下におろした。

カラカラと滑車が回って錘が垂直に落ちていき、入れちがいに、荷をのせる籠《かご》が上がってきた。

窓から身をのりだして、それをつかまえると、ヒュウゴは籠をひっぱってきて床におろし、それに中身が半分になった羊毛の包みをのせた。

（さあ、ナァン、これに乗るんだ）

灰色の妹が、おびえたようにゆらめいた。

（こわくないよ。大丈夫だ。兄がかかえていてやるから）

たらたらと汗をかき、激しく咳きこみながら、ヒュウゴは妹をかかえて羊毛をしいた籠に乗りこんだ。

両手で滑車についている縄《なわ》をつかみ、片足で床を蹴って、籠を宙に押し出すや、あっと思うまもなく、籠が猛烈《もうれつ》な勢いで落下しはじめた。――錘がひとつでは、ヒュウゴの身体を支えるには軽すぎたのだった。

地面に激突《げきとつ》したとたん、全身を突きぬけるような衝撃《しょうげき》が走り、気が遠くなった。羊毛が身体の下になかったら、あちこち骨折していただろう。

ヒュウゴを乗せた籠は地面に激突すると、ひっくりかえり、ヒュウゴは倉庫と道路のあいだの溝《みぞ》に投げだされた。

軽くなった籠は、羊毛をヒュウゴや道路の上にふりまきながら、カラカラと宙にもどっていき、かわりに鉛の錘が落ちてきて、ガチーンと石畳《いしだたみ》に当たり、火花が散った。

そして、闇がおとずれた。

2　火の粉とたわむれるトカゲ魚《うお》

ぬるい水の中にヒュウゴは漂《ただよ》っていた。雨あがりの大気のような、精気あふれる匂《にお》いが身体《からだ》をつつんで、沁《し》みこんでくる。

見わたすかぎり、深い深い青だ。

透《す》きとおった、その青がゆるやかに暗くなっていく。

母と妹がゆらめき、その暗い青にとけていくのが見えた気がした。自分もまた、青い水にとけて消えていく。……心地《ここち》よかった。

それなのに、自分の中にある、ごく小さな何かが、そのまま消えさるのを拒《こば》んだ。

その小さな何かが核《かく》となって、消えはじめていた身体がふたたび寄りあつまりはじめるのを、ヒュウゴは人ごとのように、ぼんやりと感じていた。

暗闇《くらやみ》がうすれ、すこしずつ意識がもどってきても、ぬるい水の中にいるようだった。

さっきまで感じていた清らかな水の匂いではない、にごった側溝《そっこう》の水のにおいが鼻についた。どのくらい経《た》ったのだろうか。まだ、夜《よ》は明けていない。

半地下の厩舎《きゅうしゃ》につながれている荷馬たちが、煙《けむり》のにおいにおびえて、いななき、壁《かべ》を蹴《け》っている音が溝《みぞ》に響《ひび》いてきて、うるさかった。

目をあけると、赤黒い空にもうもうと煙がたなびき、その中を、白く透きとおった白魚《しらうお》のようなものが、身をくねらせながら舞《ま》っているのが見えた。

（……鉤爪《かぎづめ》があるから、魚じゃない）

そもそも魚が宙を舞っていることがふしぎなのだが、それをふしぎと思うほどの正気が、ヒュウゴには残っていなかった。

ただ、在るだけ。息をしているだけだった。

溝にはまりこんで、なかばねじれて空を見あげている身体は、まるで動かなかった。動きたいという気もしなかった。

倉庫の裏口や運河の探索《たんさく》を終えれば、やがて、この通りへも兵士がまわってくるだろう。そう思ったが、もう、どうでもよかった。

銀色の腹をきらめかせて火の粉の中を楽しげに舞っている、魚のような、トカゲのようなものが、ふいに、首をかしげてヒュウゴを見おろした。

まぶたのない黒い瞳《ひとみ》と目が合った。……と、その奇妙《きみょう》なものは、するすると宙を舞いおりてきてヒュウゴの上にとまり、鉤爪をヒュウゴの髪《かみ》に、尻尾《しっぽ》を首に、からませてしまった。

なまあたたかい風がしがみついてきたようなふしぎな感触《かんしょく》で、首に触《ふ》れているはずの尻尾さえ、確かには感じられない。

ただ、なにか、問いかける声が聞こえるような気がした。

足音が響いてきて、やがて、顔の上に影《かげ》が落ちた。炎《ほのお》の熱がさえぎられ、すうっと冷たい風の匂いがした。目をあげると、だれかが自分をのぞきこんでいるのが見えた。

女だった。耳のわきのほつれ髪が風になぶられて、ゆれている。

生きているのかどうかたしかめるように、不安げに見おろしている。ヒュウゴは、ふうっと息を吐《は》きだしながら、かすかに身動きをした。

女がしゃがみこんで、ヒュウゴの腕《うで》をつかみ、おずおずと、助け起こそうとした。

「……くそっ」

歯をくいしばって、ヒュウゴは腕をひっぱられながら、そろそろと身体を起こした。

全身が痛い。目がまわって、むかむかしてきた。

唾《つば》を飲んで、必死に吐き気をこらえながら、ヒュウゴは立ちあがろうともがいた。

女が、ヒュウゴの身体の下に潜《もぐ》りこむようにして支えてくれた。彼女《かのじょ》の背が胸を押《お》しあげたとたん、肋骨《ろっこつ》に激痛が走ったが、うめき声をのみこんで、耐《た》えた。

ふたりはよろよろと暗い裏通りを横ぎり、路地へ逃《に》げこんだ。どこへ行くつもりなのか、彼女は中腰《ちゅうごし》でヒュウゴをかつぐようにして必死に歩いていく。女の身体はたよりなく、いまにも倒《たお》れそうだったが、ヒュウゴは足をなんとか動かすだけでせいいっぱいだった。

路地には、タルシュの襲撃《しゅうげき》の噂《うわさ》を聞きつけて、のぞきにきた人がたくさんいたが、よろめきながら歩いていくふたりを、顔をゆがめて見送るだけで、手を貸そうとする者はいなかった。万が一、路地にタルシュ兵が駆《か》けこんできて、逃げている少年に手を貸している姿を見られたら、問答無用で斬《き》り殺されるからだ。

ただ、人びとは、ふたりが通りすぎると身をよせあって路地をふさぎ、タルシュ兵がのぞきこんでも、ふたりの姿が見えないようにしてくれた。

助けてくれた女は、網《あみ》の目のように複雑《ふくざつ》に交叉《こうさ》し、くねくねとのびていく路地を、右に曲がり、左に曲がりしながら歩いていく。ときおり立ちどまって、壁によりかかり、息をととのえたが、座《すわ》りこみはしなかった。いちど座ってしまったら、立ちあがる力が残っていないことは、ふたりともわかっていた。

ようやく女が立ちどまったのは、倉庫の脇《わき》を流れていた大運河の支流に当たる、細い運河のほとりに建っている小さな家だった。

家の陰《かげ》にヒュウゴをおろすと、彼女は、ぐったりと地面に座りこんだ。ヒュウゴは壁によりかかって、あえぎながら、女を見た。

運河の灯火台が投げかけている光が、よりかかっている家の向かい側の家を、ぼんやりと浮《う》かびあがらせている。家々の灯《ひ》はとうに消えていて、その、かすかな明かりだけが、あたりを照らしていた。

女は顔をあげて、ヒュウゴを見た。そして、そっとヒュウゴの首のまわりをなでた。そのしぐさを見て、ヒュウゴは自分の首に、まだあの変な生き物が巻きついていることを知った。女になでられると、その生き物は猫《ねこ》のように喉《のど》の奥《おく》を鳴らした。

よく見ると、彼女の首にも透きとおったトカゲのようなものが巻きついている。

ほっとしている気持ちが、ヒュウゴの首に巻きついている生き物から伝わってきた。

そのときはじめて、ヒュウゴは気づいた。……これが、この女の思いなのだということに。

この女は、出会ってから、ひとことも口をきいていない。ただ、ときおり、彼女の思いが、ヒュウゴの首に巻きついている生き物から伝わってくるのだ。うすい板戸に頭をつけたとき伝わってくる風のうなりのように。

背筋が、すうっと寒くなった。

その、ヒュウゴの恐怖《きょうふ》を感じとったのか、女の顔がこわばった。

彼女が応《こた》える前に、家の戸が引きあけられ、中から中年の男がとびだしてきた。

「リュアン！　どこへ行ってたんだ！　こんな夜中に」

リュアンと呼ばれた女は、あわてて、しずかに、というしぐさをした。男は闇をすかし見て、リュアンがひとりではないことに気づくと、ぎょっとしたように動きを止めた。

「……だれだ、それは」

ささやき声でたずねてから、男は舌打ちをした。

「おまえに聞いてもしかたねぇな。また、火事を見にいったんだな？　煙のにおいがすげぇぞ。そいつは、焼けだされたやつか？　焼けだされたガキを助けてきたのか」

ひと息にそう言うと、男はかがみこんで、ヒュウゴをじろじろと見た。そして、ヒュウゴの剣帯《けんたい》に気づくと、顔をくもらせた。とっくに剣はなくしていたが、平民が持つような形ではない、きちっとした造りの短剣は、まだ帯にはさんだまま残っていた。

「あんた……」

ヒュウゴには、女が、ここで話をしているより家の中に入りたいと思っているのが感じられたが、男には、まるで伝わっているようすはなかった。ただ、女の身ぶりから、言いたいことを察したらしい。しかたない、という顔でヒュウゴをかかえて、立たせてくれた。

「とにかく家に入ろう。近所の連中が目をさましちまう」

ヒュウゴは、男に抱《だ》きかかえられるようにして立ちあがった。立ちあがると、また、めまいが襲《おそ》ってきた。どうにか家に入るところまでは意識をたもっていたが、その後は、ぐるぐるとまわる闇の中に沈《しず》んでしまった。

3 青に飲まれた娘《むすめ》

カーン、カーンと、正午を知らせる鐘《かね》の音《ね》が東の鐘楼《しょうろう》から響《ひび》きはじめ、遠く北の鐘楼のかすかな鐘の音とまじり、奇妙《きみょう》な調べとなって空を渡《わた》っていく。

炎《ほのお》の記憶《きおく》と、鐘の音が結びついた火事の夢にうなされて、ヒュウゴは汗《あせ》まみれになって、もがいた。

冷たい手が額に触《ふ》れた。

はじかれたように目をさまして、ヒュウゴは、荒《あら》い息をついた。はあ、はあ、と何度も呼吸をくりかえすうちに、すこしずつ頭がはっきりとしてきた。ヒュウゴは、ゆっくり頭をかたむけて、枕《まくら》もとに座《すわ》っている人を見あげた。

十六、七歳《さい》ぐらいだろうか。自分より、三つ、四つ年上に見える娘が、人のよさそうな顔に不安げな表情を浮《う》かべて、ヒュウゴを見つめていた。

見知らぬ娘だった。

ヒュウゴがこれまで見たことのある女人《にょにん》たちは、みな、つややかな黒髪《くろかみ》をしていたが、この娘の黒髪はあまりつやもなく、うなじでまとめてあるだけだ。襟元《えりもと》も、袖口《そでぐち》もすりきれた貧しい衣《ころも》をまとっている。

ごく平凡《へいぼん》な顔だちの中で、ひとつだけ目をひくのは、その瞳《ひとみ》だった。彼女《かのじょ》の瞳は、ヨゴ人にはとてもめずらしい、鳶色《とびいろ》に近い明るい色をしていた。

その首に巻きついているトカゲ魚《うお》が見えた瞬間《しゅんかん》、どっと昨夜の記憶がよみがえってきた。

炎、タルシュ兵、母と妹の悲鳴……その記憶の、あまりのすさまじさに、ヒュウゴはうめいて目をとじた。

なぐさめるような、問いかけるような、ささやきが聞こえた。ヒュウゴの首に巻きついている生き物が、娘の声でささやいているのだ。

かっと頭に血がのぼり、ヒュウゴは首に手をやって、生き物を乱暴にひきはがそうとした。ところが、手にはなにも触れない。たしかに気配は感じるのに、手には触れないのだ。

「ちくしょう！　なんなんだ、この化け物！」

床《ゆか》に手をついて跳《は》ねおきようとしたとたん、全身に激痛が走った。筋肉が裂《さ》けるような痛みだった。ヒュウゴは夜具の上に崩《くず》れおちて、あえいだ。

喉《のど》が痛い。煙《けむり》を吸った肺も、脇腹《わきばら》も。……なにもかもが、たまらなく痛かった。

涙《なみだ》があふれでて、ヒュウゴは、くいしばった歯をキリキリと鳴らしながら、泣いた。

母も妹も死んでしまった。

(母上が、あのとき、素直《すなお》に従ってくれていれば……)

母がかたくなだから、こんなことになったんだと思った。

時を巻きもどして、あの時にもどりたかった。あの時にもどれたら、母をどなりつけ、ひきずってでも……。そう思った瞬間、妹を追って駆《か》けおりていった母の、前かがみの背中がまぶたの裏に浮かび、恨《うら》みもなにもかもを押《お》しながして、ただ悲しみがあふれでた。

ナァンの手をひいていればよかった。ああなる前に、母にちゃんと考えを話しておけばよかった。――なにもかも、もうおそい。どんなに会いたくても、もう二度と家族には会えないのだ……。

娘は、しばらくなにも言わずにヒュウゴを見ていたが、やがて、ヒュウゴの感情の嵐《あらし》がしずまっていくと、立ちあがって土間におり、水甕《みずがめ》から水をお碗《わん》についで、もどってきた。

彼女は、そっとヒュウゴの首の後ろに手をさしいれて、ゆっくりと身体《からだ》を起こしてくれた。

唇《くちびる》に当てられた碗から、冷たい水が、腫《は》れた口の中をうるおして喉をするりとくだっていくと、胸の痛みがすこしだけ、やわらいだ気がした。

もういちど夜具の上に寝《ね》かされたときには、身体からなにかが抜《ぬ》け出てしまったかのようだった。悲しみは泥《どろ》のように胸にたまっていたけれど、怒《いか》りはどこかへ消えていた。

激しく泣いたあとにやってくる、すべてが遠のいて、うつろになっていくような感覚が、いまはなぜか、とても恐《おそ》ろしく感じられて、ヒュウゴは思わず、すがりつくように枕もとにいる娘を見つめた。

「……リュアンとか、呼ばれていた……」

娘は、うなずいた。

「なぜ……わたしを、助けてくれたのだ」

声を出しているあいだだけ、遠のこうとする世界がもどってくる。会話をしているというより声を出すためだけに、ヒュウゴはたずねた。

すると、声が聞こえてきた。この変なトカゲ魚を伝わってくる思いを感じるのに慣れてきたせいだろうか。聞こえてきた声が、はじめて、言葉として感じられた。

――タラムーが、あんたさんを見つけたから。

耳で聞いているのではないのに、抑揚《よくよう》まで感じられる。武人階級のヒュウゴにはなじみのない、平民の話し方だったけれど、身分が上のヒュウゴをうやまってくれている心づかいが感じられた。

「タラムー？」

――アタ（魚《さかな》）の襟巻き（ラムー）。勝手にそう呼んでいるだけです。

リュアンは、子どもっぽい名づけを恥《は》ずかしがっているように、ちょっと笑って、自分の首に巻きついているトカゲ魚をなでた。その指が、トカゲ魚の肌《はだ》と混じりあって見える。ふしぎな光景だった。

――タラムーは、炎が好きなんです。どこかで大きな炎があがると、飛んでいくんですよ。

火の粉のあいだを、楽しげに舞《ま》っていた姿をヒュウゴは思いだした。

「……こいつらは、なんなのだ？　こんな生き物、はじめて見た」

――あたしも、なんだか知らないです。見える人と見えない人がいるようで。あんたさんも見えるんですね。空から見ていて、あんたさんと目が合ったときは、びっくりした。

ヒュウゴは眉《まゆ》をひそめた。

「……空から見ていて、わたしと目が合ったというのは、どういう意味だ？　それに、どうして、きみの声がこいつから聞こえるのだ？」

リュアンは、なんと言ったらいいだろう、という顔をした。

――……あたしも、よくわからないんですよ。

リュアンは、しばし床に目をおとして、格子窓《こうしまど》をすかしてはいってくる光が、床に作っている白い模様をながめていたが、やがて、目をあげた。

――あたしね、小さい頃《ころ》に、いちど死んでいるんだと思うんです。

ほとんどおぼえていないんだけど、父さんの話では、井戸《いど》に落ちたんだって。

でも、あたしの思い出では、そこは井戸じゃないんです。

澄《す》んだ水の中に浮かんでいて、はるか、底のほうは暗闇《くらやみ》で……。

ヒュウゴは、そのふしぎな話に、懸命《けんめい》に耳をかたむけようとした。

ともすると心が話からそれて、母と妹のことを考えそうになってしまう。そのたびにヒュウゴは、いま昼の光の中でリュアンが語っている物語に心をひきもどそうとつとめた。

——青いんですよ。目がくらくらするくらい、青くて……。

その、青い闇の底からなにかが上がってきて、あたし、飲みこまれたんです。

そのあとのことは、おぼえていないんです。気がついたら、父さんに抱《だ》きかかえられていてね。

そのときから、いろんなことが変わってしまったんです。声も、出なくなっちゃってね。

ヒュウゴは、まばたきをした。

青い闇の底……その光景が、ふっとまぶたの裏に浮かんで消えた。自分も、どこかでそんな光景を見たような気がする。夢を思いだしたような、とらえどころのない感覚だった。

「いくつぐらいのときのことだ？」

——四つぐらいでした。

「それから、ずっと、こいつ……このタラムーを通して話しているのか」

リュアンは首を振《ふ》った。

——タラムーたちに出会ったのは、二年前です。

痛い傷に触れたかのように、リュアンの顔がゆがみ、顎《あご》に力が入るのが見えた。

——火事があって……。

そのころ、あたしらは東街《ひがしまち》のほうに住んでいたんだけど、隣《となり》が食堂で。昼食時に火が出て、あたしは出かけていて、帰ってきたら、家が燃えてたんです。

父さんは仕事に出て、家にいないのはわかっていたけれど、母さんが、まだ中にいるかもしれないと思うと、こわくて身体がふるえてね……。

リュアンは、そっと自分の首に巻きついているタラムーをなでた。

——そのときに、この子たちが来たんです。きっと、火事の炎にひかれて来たんでしょう。

屋根の煙突《えんとつ》から家の中に入ったり、出たりしているこの子たちを見て、あたし思わず心の中で叫《さけ》んだんです。

ねえ、あんたたち、家の中になにが見える？　母さんが見えない？　って。

そうしたら、一匹《ぴき》がこっちへおりてきて、あたしの首に巻きついたんですよ。

そのとたん、見えたんです。煙にまかれて、出口が見えなくて、涙を流している母さんの顔が……。

家の中にいる、もう一匹のタラムーに、あたしの魂《たましい》が乗っかって、いっしょに見ている感じだったですね。あたし、母さんのところにおりていって首に巻きついて、こっち、こっちって出口を教えたんです。

ヒュウゴは、いつしか話にひきこまれていた。

「……それで、助けられたのか？」

リュアンは、うなずいた。

——そのときは。……でも、長いあいだ、煙を吸っていたのが身体にわるかったんでしょうねぇ。そのあと、母さん、病気になって、死んじゃったんですよ。もっと早く、あたしが駆けつけていたら、母さん、煙をあんなに吸わなくてすんで、いまも生きているんじゃないかなって、ときどき思うんです。

リュアンは目をそらし、自分を元気づけ、気持ちを切りかえるように吐息《といき》をついた。

——ともかく、これがタラムーたちとの出会いです。この子たちがなんだか、わからないけど、こうして一匹ずつ首にいてくれると、あんたさんと話しているみたいにして、母さんとは話せました。……すごくうれしかった。父さんとも話したいんだけど、この子たち、父さんには巻きついてくれないんですよ。

母さん以外で、この子が巻きついたのは、あんたさんがはじめてです。

リュアンが、ほほえんだ。つられてほほえみたくなるような、やわらかい笑顔《えがお》だった。

「ふうん」

ヒュウゴは、ふと、昨夜、家の外で、リュアンの父親が、「また火事を見にいって、焼けだされたやつを助けてきたのか」と、言っていたのを思いだした。

「……火事のたびに、見にいくのだな。だれか、助けられるかもしれないから」

かすれ声でつぶやくと、リュアンは、恥ずかしそうに顔をそむけて立ちあがった。

――喉が痛いんでしょう。オール（蜜《みつ》と果物の汁《しる》をまぜた飲み物）をつくりましょ。

それと、泥薬がまだ残っているはずだから、打ち身に塗《ぬ》りましょう。

脇腹の切り傷は、きれいに洗ったらすぐに血が止まったけど、そろそろ、当て布をとりかえたほうがいいでしょ。

リュアンは、かいがいしくヒュウゴの世話をしてくれた。

顔つきも身なりも地味な、この年上の娘から伝わってくる思いは、おだやかで、真心がこもっていた。傷つき、毛を逆立てている獣《けもの》でも、いつしか、うなるのをやめてしまうような自然なしずけさが、この娘にはあった。

手当てをしてもらううちに、しびれたようになっていたヒュウゴの心は、すこしずつ、ほんのすこしずつ、ふだんの感覚をとりもどしていったのだった。

リュアンによれば、父親ヨアルは、夜明けに運河で魚をとり、それを売ったり、小魚を発酵《はっこう》させてプルー（塩辛《しおから》い調味料）をつくって暮らしをたてているとのことだった。

夕方、なまぐさい魚のにおいをぷんぷんさせてもどってきたヨアルは、暗い表情をしていた。

魚の塩焼きに、麦と米をまぜて炊《た》いた飯という、粗末《そまつ》だけれども温かい夕食を分けてくれたあとで、ヨアルは、横になったヒュウゴの脇に腰《こし》をおろした。

「あんたさんは、〈帝《みかど》の盾《たて》〉のお身内だね？」

ヒュウゴは、答えなかった。ヨアルは、かまわずに続けた。

「髪型も服装も商人のものをまねてらっしゃるが、剣帯《けんたい》と短剣を見て、察しはついていた。今日、街の噂《うわさ》で、倉庫に隠《かく》れていた〈帝の盾〉の家族が皆殺《みなごろ》しにされたってことも聞いた」

ひとつ息をついて、ヨアルがつぶやいた。

「……むごい目にあいなさったね」

ヒュウゴは歯をくいしばった。

あんたをかくまうと危険だから、出ていってほしいという言葉だったら、平静に聞くことができたはずだ。夕方、ヨアルが帰ってきたときから、彼《かれ》がそう切りだすのを、待っていたのだから。

だが、心からの同情がにじんだその言葉は、不意打ちだった。おさえる間もなく、胸の底から熱い悲しみが駆けのぼってきて、ヒュウゴは、涙をこらえるために歯をくいしばらねばならなかった。

ヨアルは、昨夜の興奮した早口とはうってかわって、低い声で、とつとつと話した。

「わしらは見たとおりの貧乏《びんぼう》暮らしだが、あんたさんひとりの食い物ぐらいはなんとかなる。いまは、とにかく身体を休めて、な。

悲しいだろうし、タルシュのやつらが憎《にく》くてならないだろうけども、そういうことや、先のことは、身体がよくなってから考えたほうがいい」

ヨアルは今日、魚を売りにいった先で、タルシュ兵が、家からそう遠くない大運河脇の羊毛倉庫を襲《おそ》った話を聞いた。虐殺《ぎゃくさつ》されたのは、〈帝の盾〉の家族らしいという噂が流れていた。

その噂を聞いて、ヨアルは、自分の目でたしかめようと、倉庫を見にいった。——そして、一生忘れられない光景を目にしたのだった。

みせしめのためだろう、タルシュ兵は、虐殺のあとをそのままに残していた。それは、信じられぬほど無残な光景だった。

そのうえ、タルシュ兵が去って半日は経《た》っていたのに、だれもその遺体を葬《ほうむ》ろうとしていなかった。——ヨゴが戦《いくさ》に負けたのだということを、その瞬間《しゅんかん》、ヨアルは、あらためて、身ぶるいする思いで実感したのだった。

ヨゴの民《たみ》にとって、戦乱はめずらしいものではなかった。かつてヨゴ皇国《おうこく》の属国であったホーラム王国やオルム王国が反旗をひるがえして以来、国境線をめぐる戦がくりかえされていたからだ。

けれど、まずオルム王国が、つづいてホーラム王国が、タルシュ帝国《ていこく》と戦をはじめると、奇妙な平和がおとずれた。ここ数年のあいだ、ヨゴの民は戦を忘れ、つかのまの平穏《へいおん》な暮らしを楽しんでいたのだった。

その平穏な暮らしも、二つの王国がタルシュ帝国に敗れさったときに終わった。そして、それまでヨゴ皇国が体験したことのない、圧倒《あっとう》的な敵との戦いがはじまったのである。

戦がはじまると、軍隊の糧食《りょうしょく》にするために食糧が大量に徴収《ちょうしゅう》された。食料品をはじめ、あらゆる物の値段が高くなり、なにもかもが足りなくなっていった。〈草兵《そうへい》〉と呼ばれる雑兵《ぞうひょう》部隊を作るために大勢の平民が徴兵されて、近所の若者たちが、戦にかりだされていった。暮らしは日に日に苦しくなり、飢《う》えた者たちが盗賊《とうぞく》になりさがって物騒《ぶっそう》になった。

けれど、ほかの地方はともかく、都は、最後まで戦火にさらされることはなかった。

都を守る城門が燃えて、夜空を赤く染め、タルシュの大軍が地鳴りのような太鼓《たいこ》の音を響かせていたあの夜は、みな、明日《あす》はこの世の終わりだと肩《かた》をよせあってふるえながら、眠《ねむ》れぬ長い長い時を過ごしたが、夜《よ》が明けてみれば、長槍《ちょうそう》をかかげ、燦然《さんぜん》と輝《かがや》く鎧《よろい》に身をつつんだタルシュ軍は、まるで蟻《あり》の大群のように整然と大路《おおじ》を行進していき、都を焼くことも、矢の雨を降らせることもなかった。

彼らが、武人階級の暮らす街、中《なか》ノ坪《つぼ》の城門を燃やして、宮殿《きゅうでん》へと続く〈上《かみ》ノ大《おお》路《じ》〉へと消えていくのを見送りながら、都の民たちは、ふしぎな見世物を見たような奇妙な感じをかかえたまま、朝日を白々《しらじら》とあびた街にたたずんでいたのだった。

翌日、人びとは「帝が捕《とら》えられた」という噂を耳にした。

冬の終わりを予感させる、うららかな昼下がりの大路を、タルシュの大軍にひかれた駕籠《かご》が八つ、しずしずと渡《わた》り、黒く焼け焦《こ》げた城門の外へと消えていくのを、都の人びとは、声もなく見送った。

それは、なんともあっけない幕切れで、人びとは眉をひそめたまま、さかんに語りあった。

帝は、天《てん》ノ神《かみ》の血をひく神人《しんじん》だ。タルシュ兵のような汚《けが》れた野蛮人《やばんじん》が、手を触れられるはずがない。もし、ほんとうに捕えられていたら、雷《かみなり》が宮に落ちて、都が滅《ほろ》びているはずだ。そうなっていない以上、帝の連行は、タルシュ軍の流した嘘《うそ》にちがいない。帝は神だ。あんな駕籠の中に入っているはずがないじゃないか……と。

けれど、その翌日、都は騒然となった。

儀式《ぎしき》の日のほかは街に向かって開かれることのない、下《しも》ノ宮《みや》の前庭《まえにわ》の門が開けはなたれ、その聖なる白砂《はくさ》の庭に、討《う》ち死《じ》にした〈帝の盾〉の遺体が並べられたからだ。

首のない無残な遺体も多かった。

輝く鎧を血で染めた帝の守護たちの遺体は、ヨゴの人びとに、なまなましい衝撃《しょうげき》をあたえた。

この日、はじめて、ヨゴの人びとは、ほんとうにヨゴ皇国がタルシュ帝国に敗れ、帝が、まるで罪人のようにタルシュの帝都へ連れさられたのだということを信じたのだった。

そうなると、今度は、タルシュ兵が略奪《りゃくだつ》をはじめるぞ、という噂が飛びかった。

都は、まるで、泥天井《どろてんじょう》をはずされた蟻の巣のようになった。空から見れば、人びとがあわてふためくようすは、蟻が右往左往するように見えたにちがいない。

しかし、タルシュの軍団は、都の四方の城壁《じょうへき》をかため、都のすみずみにまで兵士を派遣《はけん》して、ヨゴ軍の武人たちの残党狩りをおこなったものの、戦につきものと聞いていた略奪や暴行はおこなわなかった。それどころか、ひそかに略奪をくわだてたタルシュ兵数人が、軍規に違反《いはん》したみせしめとして処刑《しょけい》されるなど、タルシュ帝国軍は、その整然とした支配のかたちをヨゴの民に効果的に見せつけた。

ヨゴの民をもっとおどろかせたのが、突然《とつぜん》都にやってきた、きらびやかな旗をたなびかせた荷車の大群だった。

荷車をひいてきたのは、タルシュ帝国に征服《せいふく》された、かつての仇敵《きゅうてき》オルム枝国《しこく》（旧オルム王国）の兵士たちだったが、彼らは大路の辻《つじ》つじに荷車をとめると、笛を奏《かな》でて人を集め、タルシュ皇帝の慈悲《じひ》であると告げて、大量の食糧を荷車からおろしはじめたのだった。

その量たるや、飢えた民がむらがっても、びくともしないほどのもので、戦時の飢えにあえいでいたヨゴの民は、タルシュ帝国の豊かさをしみじみと感じたのだった。

これからどうなるのか。不安だらけだったが、ヨゴの民は、征服からわずか数日で、タルシュ軍は、帝に忠誠を誓《ちか》った武人階級の者は身内まで殺すが、抵抗《ていこう》しないかぎり平民は殺さないし、征服された国ぐには、タルシュ帝国に忠誠を誓えば、豊かな暮らしが約束されるという噂は本当なのだろうと、それだけは胸をなでおろしていたのだった。

そんな状態だったから、倉庫の無残な光景は、ヨアルに、強い衝撃をあたえた。なかば目をあけたまま宙を見あげて事切れている、半分首がもげた子どもを見たとたん、ヨアルは思わず、昼に食べたものをもどしてしまった。

(あんな小さな子どもらに、なんの罪があるってんだ。ひでぇことをしやがる。異国の兵士たちに襲われて、こわかっただろうなぁ。斬《き》られて、痛かっただろうなぁ)

むちゃくちゃに腹がたったが、同時に、心底こわくなった。タルシュ兵は、武人の身内には、ほんとうに容赦《ようしゃ》しないのだということが、ひしひしと伝わってくる光景だったからだ。

この虐殺から逃《に》げのびた武人階級の少年をかくまっていることを知られたら、自分たちも、きっと殺される。

けれど、家に帰ってきて、傷つき、青ざめて横たわっている少年の姿を見ると、追いだすなんて不人情なことは、とても自分にはできないと、ヨアルは思った。

「あんたさんが逃げたことがタルシュ兵にばれてなければ、心配はいらねぇでしょう」

考え考え、ヨアルは言った。

「あんたさんがうちの娘と逃げたのを見た人はいたかもしれないけれど、べつに賞金首ってわけじゃなし、なんの得もないのに、わざわざタルシュ兵に告げ口にいくようなやつは、いねぇでしょうから」

その言葉を聞きながら、ヒュウゴは、徐々《じょじょ》に身体の力を抜《ぬ》いた。ヨアルの気持ちが胸に響いて、素直に礼の言葉が出た。

「……ありがとうございます」

昨夜、自分が火のまわった二階へ駆けあがったとき、タルシュ兵たちは追うのをやめたから、たぶん、彼らは自分が死んだと思っているはずだと話すと、ヨアルの顔にも、ほっとした表情が浮かんだ。

やがて、夕食のあとかたづけやら、なにやらがすんで、土間の小さな炉《ろ》の火を残して、灯明が吹《ふ》き消され、リュアンとヨアルが床《とこ》につくと、しずけさが、この小さな家をおおった。

それでも、壁《かべ》がうすいせいだろうか。犬の遠吠《とおぼ》えや、酔《よ》っぱらいのどなり声などが、ときおり響いてきて、ヒュウゴを眠らせなかった。

うっそうとした緑地に囲まれた〈帝の盾〉の屋敷《やしき》の夜は、もっとしずかだった。夜具も、大気も、なにもかもが、もっと清らかだった。

ヒュウゴは目を閉じずに、長いこと、ぼんやりと暗い天井を見つめていた。

4　焼け跡《あと》

ヒュウゴは、外の大気をすうっと吸いこんだ。

脇腹《わきばら》の傷がひきつれ、肋骨《ろっこつ》がずきん、と痛んだけれど、新鮮《しんせん》な大気を吸いこんだ瞬《しゅん》間《かん》、身体《からだ》をおおっていた目に見えない膜《まく》がはがれおちたような気がした。

リュアンの家にかくまわれて五日、昼間に外に出たのはこれがはじめてだった。

かくまわれたといっても、なにしろ土間以外は二間《ふたま》しかない小さな家だったし、ご近所の連中は、ヒュウゴにはとても信じられない気安さで、ひょいひょい家に入ってくるので、ヒュウゴがかくまわれているということは、もう、このあたりでは公然の秘密になっていた。

ヒュウゴにとって幸いだったのは、タルシュ軍が、ヨゴの敗走兵などを探していることを告示する街角の立て札に、ヒュウゴらしき人物書きは一度も出ていなかったことだ。

ただ、いまは追われていないとしても、ヒュウゴをかくまっていることが、リュアンとヨアルにとって危険であることに変わりはない。ヒュウゴは、一刻も早くこの家を出ていきたかった。

とはいえ、ここを出ても行くあてがなかった。

手持ちの金《かね》は、帯に縫《ぬ》いこんである銀貨三枚だけ。平民にとってはけっこうな金額だったが、宿に泊《と》まったり、食事をしたりしていれば、すぐに消えてしまうだろうし、そんな暮らしをしていたら、あやしまれて、タルシュ兵に密告されるかもしれない。

この先どうするかなど、なにも思いつかなかった。胸の中にぽっかりと白い穴があいているようで、生きていたいとさえ思えない。

けれど、このままここにいたら迷惑《めいわく》がかかる。出ていくためには、身体だけでもしゃんとさせねばと、ただ、それだけを思っていた。

外を歩きたいと言うと、リュアンは心配そうな顔をした。

ここ数日いっしょにいるうちにわかってきたのだが、リュアンは、やさしすぎるほど、気のやさしい娘《むすめ》だった。ヨアルの商売物の干物《ひもの》を食い荒《あ》らすネズミでさえ、かわいそうがって、たたくことができないほどで、しょっちゅうヨアルを嘆《なげ》かせている。

ヒュウゴのことも、まるで血のつながった弟のように親身になって世話をしてくれた。

昼間のあいだは、武人の子らしく弱音など吐《は》かないけれど、ヒュウゴは内心、夜が怖《こわ》くてならなかった。毎晩、あの倉庫の夢をみるのだ。母と妹を逃《に》がそうとするけれど、どうしても逃がすことができずに、炎《ほのお》に焼かれてしまう夢を。タルシュ兵は顔のない赤黒い塊《かたまり》で、煙《けむり》のにおいとともに迫《せま》ってくる……。

うなされているヒュウゴの肩《かた》を、リュアンはいつも、そっとそっとなでてくれた。温かい心地《ここち》よい手で、ヒュウゴが落ちつくまで、ただ、そっと肩をさすってくれた。

水仕事で荒れているその手が、かすかに布にひっかかる音を聞きながら、じっとしていると、心が楽になって、夢のない眠《ねむ》りに吸いこまれるのだった。

でも、朝になると、そんなふうにリュアンにあまえたことが恥《は》ずかしくてたまらなくなる。

「一刻も早く、迷惑がかからぬようにしたい。家の中で横になっていたら、いつまでも身体がしゃんとしない。すこし、歩きまわりたいのだ」

そう言うと、リュアンは心配そうにたずねた。

——大丈夫《だいじょうぶ》？　身体は痛くないですか？

ヒュウゴは胸をはって答えた。

「肋骨を折ったり打ち身を作ったりするのは、稽古《けいこ》で慣れっこだ」

明るい陽《ひ》ざしのもとでリュアンの家を見るのは、はじめてだった。軒先《のきさき》から外に出て、ヒュウゴは、びっくりした。

白い水鳥が、この家の屋根にだけ何十羽《ぱ》も群れて止まっている。ほかの家の屋根には一羽《わ》も止まっていないだけに、それは、かなり目立つ光景だった。

リュアンが家から出てくると、鳥たちがいっせいに飛びたち、リュアンのそばにおりてきたので、ヒュウゴは思わず後ずさってしまった。

慣れているのだろう、リュアンは身体のまわりをなでるように群れ飛ぶ鳥たちに、おどろくようすもなく、したいようにさせていた。

白い朝の光をあびて、リュアンもまた、まぶしく、白く透《す》きとおって見えた。

ひとしきりリュアンのまわりを乱れ飛ぶと、鳥たちは満足したように、ざぁっと空に舞《ま》いあがり、運河のほうへ飛びさっていった。

「……なんだい、あれ！」

――このあたりに立つと、あたしのまわりに羽虫みたいなのが寄ってくるんですよ。見えなかったですか？

「鳥しか見えなかった」

――こちら側とあちら側を行き来している虫だから、見えたり、消えたりするからねぇ。

ぼうっと目の焦点《しょうてん》を合わせずに虚空《こくう》を見ているリュアンの横顔を見ながら、ヒュウゴは、あらためて、ふしぎな人だな、この人、と思った。

家で横になっていたあいだに、いちど中年の男がやってきて、銅貨を十枚も床《ゆか》に並べて、リュアンに「お願いします」と、たのむのを見た。リュアンはうなずいて、男といっしょに出かけていき、夕方になるまでもどらなかった。

あとでリュアンにたずねると、水脈を教えにいったのだ、と、こともなげに答えた。あの男の暮らしている坪《つぼ》（街の区域のこと）で井戸《いど》が涸《か》れてしまったので、どこに新しい井戸を掘《ほ》ればいいかをリュアンに教えてもらいにきたのだという。

「きみは、そんなことがわかるのか？　地下に流れている水が見えるのか？」

ヒュウゴがおどろくと、リュアンは肩をすくめた。

――こっち側の地下水が見えるのではなくて、向こう側のシグ・サラが見えるんですよ。

リュアンが一生懸命《いっしょうけんめい》、説明してくれた話によれば、リュアンには、いま目に見えている場所に重なって、別の世界が見えるのだという。

そして、タラムーというヒュウゴの首にも巻きついている生き物のように、こちら側と、あちら側にまたがって生きている生き物がいるのだそうだ。

シグ・サラもそのひとつで、あちら側の水面《みなも》に浮《う》かんで白い花を咲《さ》かせるこの植物のなかに、ときに、こちら側にもまたがって咲いている花があるのだという。花を咲かせる時期でないとむずかしいけれど、それを見つけられれば、そこには豊かな水があるのだそうだ。

美しい夢をみているような、焦点の合わぬ瞳《ひとみ》をしてリュアンはつぶやいた。

――ここでは地下の暗闇《くらやみ》に流れる水だけど、向こう側には、お日さまが輝《かがや》いているんです。

とても、きれいですよ。重なって見える水面に浮かんでいる、白いシグ・サラは……。

この街の地面の下に、白い花を、この人は見ているのか。

ヒュウゴは、肌《はだ》がちりちりするような思いで、そのふしぎな話を聞いていた。

宙に視線をただよわせていたリュアンは、ひとつ吐息《といき》をつくと、ヒュウゴに顔を向けた。

——たのまれていた繕《つくろ》い物《もの》をとどける用事があるんですけども、いっしょに行きます?

リュアンは繕い物の包みを持ちあげてみせた。

ヒュウゴがうなずくと、リュアンはほほえんで歩きだした。

あの夜から、心に重く分厚い布がかぶさっているようで、ヒュウゴは、なにを見ても以前のような感覚を感じられなかった。それでも、こんなふうに、ぶらぶらと都の下街を歩くのははじめてだったから、歩くうちに、すこしずつ身体が軽くなり、あたりがはっきりと見えるようになってきた。

どこかに花を咲かせている木があるのだろう。シュマクの小さな桃色《ももいろ》の花びらが、ときおり風に乗って舞い飛んでくる。風に、かすかにあまい香《かお》りがした。

冬が終わろうとしている。

やわらかい風は、いつのまにか春がおとずれようとしていることを告げていた。

リュアンはやがて、小ぎれいな造りの商店の勝手口に入っていった。下働きらしい中年の女に、繕い物を渡《わた》している。そのおばさんは、ドゥド（巾着《きんちゃく》）から出した小銭《こぜに》をリュアンの手にのせながら、ふと、後ろに立っているヒュウゴに目をやった。

「あんた、ちょっと……」

声を低めて、手招きされたので、ヒュウゴはかすかに顔をくもらせて、そばに行った。

「あんた、あれでしょう？　例の倉庫から、リュアンが助けだしたって人でしょう？」

ヒュウゴはびっくりして、思わずリュアンを見た。リュアンが、こまったように顔をしかめた。

――父さん、うまく嘘《うそ》をつけないいんですよ。つい、ほんとうのことを話しちゃうんで……。

ふたりの表情を読みとったのだろう。おばさんは、顔の前で手を振《ふ》った。

「心配しなくていいよ。このあたりの連中は、みんな、古くからの知りあいなんだからさ。告げ口するような人はいないよ。子どもを敵に売るようなまねをしたら、このあたりじゃ暮らせなくなるもの」

早口でそう言ってから、おばさんは、しみじみとした声で続けた。

「ほんとに、むごい目にあいなさったねぇ。でね、ひとつ教えておいてあげようと思って。あの倉庫で亡《な》くなった人たちね、今朝、タルシュ兵が大きな荷馬車に積んで、焼き場にもっていって火葬《かそう》にしたってさ。運河にまいたって話だよ」

耳の奥《おく》で、ゴォーッと血が鳴る音が聞こえた。灰は、しばらく、ヒュウゴは、なにも言えずに、そのおばさんを見つめていたが、やがて、無言で頭をさげた。

くるりと背を向けて歩きだしたヒュウゴを、リュアンがあわてて追ってきた。

「……あの倉庫、ここから、どうやったら行ける?」

つぶやくと、リュアンは気づかわしげな目で、ヒュウゴを見つめていたが、やがて、うなずいて先に立った。

——こっちです。

見にいかないつもりだった。見にいってもどうしようもない。危険なだけだと思っていた。

けれど、いまは、どうしても見たかった。

路地を抜《ぬ》けると、広い通りのむこうにあの倉庫が見えてきた。屋根が焼けおち、壁《かべ》も煤《すす》でまっ黒になっていたが、石造りの建物自体はしっかりと残っている。

まわりの石畳《いしだたみ》は水洗いされ、チリひとつないように掃《は》き清められていて、白い昼の光に照らされたその道に、死の影《かげ》はまったく見えなかった。

――羊さんの毛がいっぱいあるの？

はじめて、あの倉庫の戸をくぐったとき、妹がたずねた声が耳によみがえり、ヒュウゴは、ふるえながら息を吸いこんだ。ほんとうに、家族も、仲間も、みんな死んでしまったのだ。

ふいに襲《おそ》ってきたさびしさは、氷のように冷たかった。

くいしばった歯のあいだから、ヒュウゴは言葉を押《お》しだした。

「……これで、最後だ」

あふれでてくる涙《なみだ》を、ヒュウゴは、むちゃくちゃに袖《そで》でぬぐった。

「泣くのは、これが最後だ」

路地の建物の陰《かげ》に、崩れるようにしゃがみこみ、両腕《りょううで》で頭をかかえこんで、ヒュウゴはうめくように泣いた。

もう、みんな、この世にはいないのだ。すべて、消えさってしまった。父も母も妹も、祖父母も、親戚縁者《しんせきえんじゃ》も、仲間も、みな……。

かもが。〈帝《みかど》の盾《たて》〉の息子《むすこ》として生きてきた過去、〈帝の盾〉となるはずだった未来、なにもかもが。

キリキリと歯が鳴った。身体が破裂《はれつ》しそうだった。

こんな、ぽっかりと何もないところへ、自分を運んできた何かが、憎《にく》くてならなかった。ヒュウゴは自分の身体を抱《だ》きしめた。身をひき裂《さ》いてしまいそうな怒《いか》りが、滓《かす》となって胸の底に沈《しず》んでいくまで、身体を前後にゆらしながら、必死に耐《た》えた。

涙があとからあとから頰《ほお》を伝っていく。

怒りがつれてきた虚《むな》しさをいだいて、ヒュウゴはじっと宙を見つめていた。長いこと、ただ宙を見つめていた。

肩に触《ふ》れられたのを感じて、ヒュウゴは顔をあげた。リュアンがそばにたたずんでいた。

それまで聞こえていなかった街のざわめきが、もどってきた。ガラガラと荷車が通る音。なにか言っている人の声。

泣きつかれて、ぼんやりとした頭で思った。——立って、歩かなければ。

ヒュウゴは、こわばった身体を地面からひきはがすようにして、立ちあがった。足に力を入れると、身体じゅうに痛みが走った。

支えようとしてくれたリュアンの手を押しのけて、ヒュウゴは歯をくいしばり、一歩前に足を踏《ふ》みだした。そして、ゆっくりと倉庫に背を向けた。

どうやってリュアンの家までもどってきたのか、まったくおぼえていなかった。

家に入ると、リュアンは炉《ろ》の埋《うず》み火《び》をかきおこして鉄瓶《てつびん》をかけ、湯をわかしはじめた。

壁によりかかって膝《ひざ》を抱いているヒュウゴを、そっとしておこうと思っているのだろう。リュアンは話しかけることもなく、黙々《もくもく》と立ち働いていた。

素焼《すや》きの安っぽいお碗《わん》に、とっておきの蜜《みつ》をたらして湯をそそぎ、それをヒュウゴに手渡すと、天井《てんじょう》からぶらさげてあった、魚を入れてある籠《かご》をおろして、外へ出ていった。

ヒュウゴは、あたたかい蜜湯をすすった。なにか果実を蜜に漬《つ》けてあったのだろうか、かすかに果実の香りがした。

日がかたむいて、小さな突上《つきあ》げ窓から斜《なな》めに射《さ》しこんでいる光が、琥珀色《こはくいろ》に染まりはじめていた。リュアンが外の火鉢《ひばち》で魚を焼きはじめたのだろう。魚が焼けるいい匂《にお》いが、あるかなしかの風に乗って、窓からただよってくる。

聞こえてくる街のさざめきを聞くともなしに聞くうちに、心がしずまってきた。

早く、この家を出よう……と、ヒュウゴは思った。

だれにも世話にならずに生きていこう。

生きていたいとは、まったく思えなかった。あのとき、母と妹を殺したタルシュ兵を道連れに討《う》ち死《じ》にすべきだったのだ。

でも、生きのびてしまったいま、死んだら、負けを認めることになる。

倉庫の前の道を照らしていた、白々とうつろな昼の光。掃き清められたように、この世から消されてしまった母や妹、仲間たち……。それが頭に浮かんだとたん、胃《い》ノ腑《ふ》のあたりから胸へ、焼けつくような怒りがひろがった。

（やつらが、子どもまで皆殺しにしたのは、ヨゴの武人の芽が生き残るのを恐《おそ》れたからだ）

ならば、どんなに苦しくとも、生きつづけねばならない。

ヨゴの武人は滅《ほろ》びてはいない。たったひとりでも、自分が生きのびているかぎり、滅びたことにはならない。

（父上……見ていてください）

これから、平民として暮らしていくとしても、ヨゴの武人の魂《たましい》を胸にいだいて、生きぬいてみせる。

ヒュウゴはうつむいて、床《ゆか》にのびる夕暮れの光をにらみつけていた。

夕食を終えたあと、ヒュウゴは帯の裏をほどいて銀貨を一枚とりだすと、それをヨアルの前に置いた。そして、きちっと正座をし、手をついてヨアルに礼をした。

「これまで、かくまっていただき、ありがとうございました。動けるようになりましたので、明日《あす》、夜《よ》が明けたら、ここを離《はな》れようと思います」

額のあたりにしわをよせて、ヨアルは、たずねた。

「出ていくって、どこへ行きなさるおつもりかね」

「……まだ、わかりませんが、どこかで仕事を探します」

ヨアルは首を振った。

「ヒュウゴさん、そりゃ、あんたさんが考えてなさるより、ずっとむずかしいことだよ。だいいち、働いた経験がないだろう？」

ヒュウゴは素直にうなずいた。ヒュウゴが身につけているのは、近衛《このえ》兵《へい》になるための知識と、徹底《てってい》的な武術の鍛練《たんれん》だけで、平民の暮らしなど、まったく知らない。

「銀貨が、あと二枚ありますから。それで暮らせるあいだに、なにか仕事を探して、習いおぼえます」

ヨアルは顎《あご》をなでた。

「おれの仕事を手伝ってもらえりゃ一番いいんだがね。運河での川漁なんて実入りのいい仕事じゃねぇし、ふたりでおれの縄張《なわば》りで漁をしたって、獲物《えもの》が二倍になるわけじゃないしなぁ」

リュアンはだまって、父とヒュウゴの会話を聞いていた。その顔に浮かんでいる不安げな表情を見たくなくて、ヒュウゴはリュアンから目をそむけていた。

しきりに顎をなでながら、ヨアルは考え考え言った。

「このご時勢だからなぁ。むずかしいよなぁ。――まあ、マール酒場の下働きなら、おれの顔で、ひとりぐらい押しこめるけどな。あれなら、住《す》み込《こ》みだし、食事ももらえるし、仕事もそれほどむずかしくない」

そう言いながらも、ヨアルの顔はくもったままだった。

「でもなぁ。〈帝の盾〉の息子さんに、酒場の下働きをさせるなぁ、かわいそうだよなぁ」

ヒュウゴは首を振った。

「それを、やります。紹介《しょうかい》してください」

「……本気かね」

ヒュウゴは、きっぱりとうなずいた。

少年の顔に浮かんでいる覚悟《かくご》が哀《あわ》れで、ヨアルはしばらく声を出せずにいた。やがて、首を振ると、ヨアルはつとめて明るい口調で言った。

「そうかね。それも、まあ、人生ってやつだろうな。先に、いいこともあるだろう。でも、ヒュウゴさん……いや、酒場の下働きに紹介するのに、さん付けはまずいな。呼び捨てにさせてもらいますよ」

ヒュウゴはうなずいた。それを見て、ヨアルはほほえんだ。

「よし。じゃあ、ヒュウゴ。いまのまんまじゃ、いくら平民のかっこうをしていたって、ひと目で武人階級だってわかっちまう。気をつけなきゃ、いけませんぜ」

ヒュウゴは、まばたきした。

「教えてください。どのようなことに気をつければいいか」

「まず、言葉だな。それから姿勢。歩き方や座《すわ》り方《かた》なんかが、びしっとしすぎているね」

リュアンが、ふいに言った。

――あ、あたしもそう思ってた。背中に棒が入っているみたいですよ。

ヒュウゴは思わず、リュアンを見た。

「それが、変なのか？　修練館《しゅうれんかん》では、背中をまるめたら、棒でたたかれるのだが」

ヒュウゴが娘に答えているのを、ヨアルは複雑な表情で聞いていた。かつて女房《にょうぼう》が娘とこんなふうに会話をしていたのはおぼえているのだが、自分にはいっこうに娘の声が聞こえないもので、いくら説明されても、どうも変な感じがするのだった。

ヨアルはしばらく、そんなふたりを見ていたが、ヒュウゴの膝にのっている剣帯《けんたい》に目をやると、ちょっと言いづらそうに切りだした。

「それから、その剣帯は、捨てたほうがいいね」

ヒュウゴは、はっと、剣帯に目をおとした。平民は長剣を帯びることをゆるされていない。だからこそ、剣帯を腰《こし》に巻くことは武人の誇《ほこ》りだった。

だが、たしかにヨアルの言うとおりだ。これは、いまのヒュウゴには必要のないものだった。

（……いつか）

胸の中でヒュウゴは思った。

（いつか、もういちど、長剣を帯びることができる日がくるかもしれない。そのとき、自分で稼《かせ》いだ金で堂々と剣帯を買って、腰に巻けばいい）

ヒュウゴは剣帯をなでて、そこから銀貨の残りと、短剣を抜きとって、ヨアルに渡した。

「どこか、目につかないところへ捨ててください」

ヨアルはうなずいた。

「短剣は、どうなさ……どうするね？」

短剣は、ただひとつ残った父の形見だった。しばらく考えてから、ヒュウゴは顔をあげた。

「短剣を差しこめる、長靴《ちょうか》を買います」

ヨアルが苦笑《くしょう》した。

「短剣を差しこめる長靴？　だめだめ。武人以外で、ああいう長靴を履《は》いているのは、無頼《ぶらい》のね、ならず者だけだよ。まっとうな町人が履くもんじゃぁない」

「……それでは」

ヒュウゴが言いかけたのを、ヨアルが直した。

「それじゃあって、言いな」

「それじゃあ、袋《ふくろ》にでもしまって、持っています」

ヨアルは、うなずいた。

「くれぐれも、見つからねぇようにな。酒場の下働きたちが寝起《ねお》きする部屋は、大勢がごろ寝をするところだから」

そういう暮らしが、これからはじまる。

まったく、思ってもみなかった——まるで見知らぬ未来が、この先にはひろがっている。その道を、自分ひとりで生きていくのだ。

ヒュウゴは、ヨアルにうなずいた。

第二章　下街暮らし

1　酒場の少年

日々は、飛ぶように過ぎていった。

酒場での暮らしは、ヒュウゴにとって、まったく未知の体験だった。朝から夕方までは、掃除《そうじ》洗濯《せんたく》、重い酒瓶《さかびん》の運搬《うんぱん》、厨房《ちゅうぼう》での野菜の皮むき、下ごしらえ、夕方に酒場が開《ひら》けば、酔客《すいきゃく》の相手をしながら料理を運び、皿洗いをせねばならない。

一日の仕事が終わる頃《ころ》には、目をあけていられないほど疲《つか》れきっていた。

マール酒場は、ヒュウゴのほかに八人もの少年たちを下働きに使っている大きな酒場で、こんなご時勢でも、かなり繁盛《はんじょう》していたが、主人はケチだった。

食事は客の残り物か、料理に使えなかったカスばかり。働きはじめた頃は、客の残り物など、けがらわしくて、食べ物に思えず、なかなか手を出せなかった。けれど、そうやってためらっていると、あっというまにほかの少年たちに食べ物を奪《うば》われてしまう。耐《た》えがたい空腹に、やがて、ヒュウゴは「けがらわしい」という思いを乗りこえて、残り物をほかの仲間と奪いあうのに慣れていった。

残飯の奪いあいより我慢《がまん》ならなかったのは、頭をたたかれることだった。主人はもちろん、料理人たちも、わずかな失敗を見つけるや、口で叱《しか》るより先に手をとばしてくるのだ。

はじめて頭をたたかれたときは、平民ごときに頭をたたかれた、という思いが全身を駆《か》けめぐり、この恥《はじ》をすすがねば生きてはいられぬとさえ思った。

だが、腰《こし》にまわした手に手拭《てぬぐ》いが触《ふ》れたとき、炎《ほのお》のような怒《いか》りが、一瞬《いっしゅん》にして冷めた。

自分が下げているのは、剣《けん》ではなく手拭いなのだ、というみじめさが胸を満たし、どなっている料理人の言葉はいっこうに耳に入ってこなかった。

ほかの少年たちは、たたかれても、へこむこともなく、でかい声で「すんませんっしたぁ！」とあやまっては、さっさと仕事にもどっていく。

その姿を見ているうちに、ここでの暮らしのあれこれに、いちいち誇《ほこ》りを傷つけられたと怒るのも馬鹿《ばか》らしいという、あきらめにも似た灰色の感情が生まれてきた。

――その感情で、ともすれば身が弾《はじ》けそうになるほどの怒りに、なんとか蓋《ふた》をするすべをおぼえていったのだった。

午前中は、掃除が終わるとすぐに野菜の皮むきが待っている。

下働きの少年たちは、まずは厨房の土間に積みあげてある多種多様な根菜を、笊《ざる》に入れて井戸《いど》ばたに持っていく。冷たい水で泥《どろ》を洗いおとしたら、あとは、ひたすら皮をむくのだ。

慣れない頃は井戸ばたにしゃがみこんで作業をしていたのだが、最近は先輩《せんぱい》たちを見習って、座《すわ》れるぐらいの石を持ってきて、その上に腰をおろすようになった。わずかなことだけれど、そうするだけで、格段に身体《からだ》が楽なのだ。

ほかの連中が、なんやかんやと口を動かしながら皮をむいている輪からは、すこし離《はな》れたところに座って、ヒュウゴは、むきおえた根菜をもう一度ざっと水で洗い、桶《おけ》の水を捨てていた。

「おい」

頭の上から声をかけられて、ヒュウゴは、はっと身をかたくした。

たたかれまいと、手をあげて防ぎながらふりあおぐと、料理人が苦笑《くしょう》を浮《う》かべて立っていた。

「たたこうとしたんじゃねぇよ、心配すんな」

酒焼けした顔でそう言うと、料理人は背をかがめて、ヒュウゴがむきおえた芋《いも》を拾いあげた。

「まえから思ってたんだが、おめぇ、手先が器用だな」

てのひらの中で、くるっと芋をひっくりかえして見ながら、料理人は言った。

「皮むきもよ、むき方ひとつで味が変わるんだぜ。下手な野郎《やろう》がむいた芋は、使い物にならねぇ。おめぇのむいた芋もよ、最初の頃は潰《つぶ》して使ってたんだよ、おれは。だけどな、ここんところは、格段によくなった。これなら姿をそのままに蒸《む》しても、客に出せる」

ヒュウゴは、ちょっととまどいながら、頭をさげた。

「……ありがとうございます」

(皮のむき方で、そんなに違《ちが》いがあるのか……)

ひさしぶりに、なにか意味のある言葉を聞いた気がした。

料理人は眉《まゆ》をあげ、しばらくだまっていたが、やがて、言った。

「おめぇ、いいところの子なんだってな」

ヒュウゴは頰《ほお》をこわばらせた。

応《こた》えないヒュウゴの顔を見ながら、料理人は肩《かた》をすくめた。

「べつに詮索《せんさく》しようってんじゃないから、そんな顔すんな。ただ、おめぇの仕事のやり方がよ、ていねいで気がきいてるんでよ、それを言いたかっただけだからよ」

料理人は桶の縁《ふち》に置いてある小刀《こがたな》をとりあげて、濡《ぬ》れている刃《は》を見た。

「たとえば、これだよ。おめぇはかならず、皮をむいたあとの小刀をきれいに洗って返しにくる。小さなことだがな、こいつはえらく大切なことなんだぜ。芋の皮をむいた小刀の刃は、雑に洗って持ってこられると、あとで使うとき、粉《こ》がふいたようになってて使いづれぇんだ」

唇《くちびる》のはしをもちあげて、料理人は言った。

「使いおわった小刀を、こうやってきれいに洗うような心がけをよ、おめぇ、これからも忘れんじゃねぇぞ。ちゃんと見てるもんも、いるんだからよ」

ぽん、と、ヒュウゴの頭をはたくと、料理人は踵《きびす》をかえして厨房にもどっていった。

その後ろ姿が消えたあとも、ヒュウゴはぼんやりと、日の当たっている厨房の戸口のあたりを見ていた。

白い日の光が、胸の中にもゆるやかに射《さ》しこんでいるような気がした。

こんなことで褒《ほ》められるとは思ってもいなかったし、いつも酒くさい息をしているあの料理人が、こんなふうに自分の仕事を見てくれていた、と思うと、ふしぎな気さえした。

野菜の皮を小刀ですいすいとむいているとき、母が生きていて、こんな姿を見たら、なんと言うだろうか、と思うことがあった。眉をひそめ、さぞかし嘆《なげ》いたことだろうと思うと、背がうそ寒くなり、身体がちぢんでいくような感覚にとらわれた。

だが、いまは、ただ陽《ひ》だまりの中にいる感覚が全身を満たしている。

ヒュウゴはひとつ息をつくと、濡れた桶を持って立ちあがった。


働きはじめて、ひと月半が経《た》った頃、ようやく、給金がもらえる日がめぐってきた。

その日は朝から、店の中がざわついていた。少年たちの顔もゆるみっぱなしで、そわそわしている。

「ヒュウゴ！」

主人の胴間声《どうまごえ》が響《ひび》いてきた。

少年たちのうれしそうな顔とは対照的に、主人は苦虫をかみつぶしたような顔をしている。でっぷりと太った主人が座っている机の前に立つと、主人は無造作に、うすい給金の袋《ふくろ》を投げてよこした。

「ありがとうございます」

頭をさげて、ヒュウゴは給金の袋を手にとった。

主人に背を向けて、部屋の隅《すみ》に向かいながら、心の中では、いったいいくら入っているのかと、どきどきしていた。

（主人はケチだからな）

わずかしか入っていないだろう。そう覚悟《かくご》して、封《ふう》を切ると、ヒュウゴは袋の中をのぞきこんだ。

思ったとおり、たいした額ではなかったが、それでも、覚悟していたほどにはひどくなかった。

「少ねぇだろ」

年かさの少年が、脇《わき》で、にやっと笑った。

「ま、もうちっと我慢しろや。仕事に慣れたら、給仕しているときに、客から心づけをもらえるからよ」

ヒュウゴはうなずいた。

そうなのだ。手馴《てな》れていて愛想《あいそう》がいい少年たちは、なじみの客からよく心づけをもらっている。その額が、主人からもらう給金と同じぐらいになる者もいるらしい。

てのひらに銅貨をのせると、思いがけぬ重みを感じた。

(おれが、稼《かせ》いだ金か)

母からあたえられていた小遣《こづか》いにさえ、はるかに及《およ》ばぬ額ではあったけれど、この銅貨は、自分が掃除をし、芋の皮をむき、働いたすべての対価だった。

ヒュウゴは、知らず知らずほほえんでいた。

自分はいま、自分の足で立っている。——こうして働けば、生きていかれるのだ。

ふっと、リュアンとヨアルの顔が目に浮かんだ。

(ヨアルさんが、世話してくださったおかげだ)

あのふたりが、生きていく足場をあたえてくれたのだ。

半日の休みをもらった少年たちは、給金をどう使うかしゃべりながら、騒々《そうぞう》しく店から出ていく。その姿を見送り、仲間たちが全員いなくなったのを見はからって、ヒュウゴは厨房へと足を向けた。

うららかな日で、あの酒焼けした料理人は、桶をひっくりかえして、日の当たっている裏口に座り、肉に塩をして小さな樽《たる》に詰《つ》めていた。

ヒュウゴが近づいていくと、料理人は顔をあげ、けげんそうに目を細めた。

「なんだ、おめぇ、どうした。ほかの連中はもう街に出てっただろう？　おめぇは、行くところがねぇのか？」

「いえ」

ヒュウゴはわずかにためらったが、すぐに心を決めて、給金の袋をひっくりかえし、てのひらの上に十五枚ほどの銅貨をのせた。

「してはならないお願いかもしれませんが、この金で、作れる料理があったら、作っていただけませんか」

料理人は眉をあげ、銅貨を見、ヒュウゴの顔を見た。

「……なんでだ？」

「恩返しをしたい人がいるのです」

料理人の顔に、ゆっくりと微笑《びしょう》が浮かんだ。

「それで、料理か。最初の給金で？」

「はい」

料理人は前掛《まえか》けで手をぬぐうと、立ちあがって、ふいに、ヒュウゴの耳をひっぱった。

「このガキぁ、泣かせやがるぜ。——十枚よこせ。そしたら、ほっぺたがとけるような煮込《にこ》み料理を作ってやるからよ」

ヒュウゴは耳をなでながら、言った。

「ありがとうございます！」

「おう。で、何人分だ？」

「ふたりです。おれをここに世話してくれた父娘《おやこ》に食べさせたいんです」

料理人は鼻を鳴らした。

「ふたりだぁ？　馬鹿だな、おめぇは。おめぇの分も入れなきゃ、話になんねぇだろうがよ。

さて、じゃあ、三人分作ってやるから、手伝え」

ヒュウゴは、ぱっと笑顔《えがお》になった。

「はい！」

料理人は実に手早く、しかし、丹精《たんせい》こめて、野菜と肉の煮込みを作ってくれた。だれもいない厨房で料理を手伝っていると、仕事で追いまわされている夜にはまったく気づかなかった、彼《かれ》の手の動きの速さ、正確さが心地《ここち》よく、料理ができあがるまでのすべてが、とてもおもしろかった。

できあがった煮込みを、さめないように土鍋《どなべ》に入れて布でくるむと、夕暮れの色に染まる街を、ヒュウゴは、一散《いっさん》に、リュアンの家まで駆けていった。

リュアンの家の屋根には、あいかわらず鳥が群れており、近づくとタラムーがするするっと宙からあらわれて、ヒュウゴの首に巻きついた。

戸をたたこうとした瞬間、中から戸が引きあけられた。

――ヒュウゴさん？

リュアンのとまどいがタラムーから伝わってきた。

勇んで走ってきたものの、いざリュアンの顔を見ると、なんだか勝手な思いこみで来てしまったような気がしてきて、ヒュウゴは、踵をかえして帰りたくなった。

その気持ちを察したのだろう、リュアンはさっと手をのばして、ヒュウゴの肩に触れた。

――入って、入って！

ヨアルも帰ってきているらしく、奥《おく》のほうで立ちあがる音がした。

「リュアン、だれだ？」

ヒュウゴは息を吸いこみ、ヨアルに答えた。

「おれです。ヒュウゴです。入っていいですか？」

ヨアルが前掛けで手をぬぐいながら近づいてきて、ヒュウゴを見るや、満面の笑みを浮かべた。

「おお！　こりゃこりゃ。そんな、他人行儀《ぎょうぎ》に遠慮《えんりょ》するこたぁねぇ、どうぞ、お入んなさい」

父娘《おやこ》に両側からひっぱられるようにして迎《むか》え入れられ、板の間に上げられた。

「あの、これ。……夕飯がまだなら、食べてください」

土鍋を渡《わた》すと、リュアンが目をまるくした。

ヨアルも身をのりだして、土鍋を見おろした。

「なんだね？　なにを持ってきてくだすったんだね」

リュアンが蓋をとると、煮込みのよい匂《にお》いが狭《せま》い家の中にひろがった。

——いい匂い！　肉の煮込みね！

はじけるようなリュアンの喜びが伝わってきて、ヒュウゴは笑顔になった。

「うちの料理人さんにたのんだんだ。いい腕《うで》をしているって評判の人だから、きっとおいしいと思うよ」

ヨアルは目をまるくして煮込みを見つめ、それから、しげしげとヒュウゴを見た。

「あんた、わざわざ、これを作ってもらって、おれたちに持ってきてくだすったんかい」

ヒュウゴは赤くなった。

「出過ぎたことかとは思いましたが、お礼をしたくて。——ヨアルさんのおかげで、自分の口を養えるようになったので」

ヨアルの目尻《めじり》がゆっくりと赤くなり、その目がうるんだ。

「そりゃあ……」

そう言ったっきり、つぎの言葉は口から出なかった。ただ、ヒュウゴの肩を骨ばった手でそっと押《お》して、炉《ろ》ばたに導いた。

そんな父とヒュウゴを、リュアンはうれしそうに見ながら、くるくると立ち働いて、夕餉《ゆうげ》の支度《したく》をととのえた。

ひとくち、煮込みを口にふくむや、ヨアルはうなった。

「……うめぇ！」

たしかに、煮込みは、口の中にとろけ、旨《うま》みが口全体にひろがって、思わず笑いたくなるほどおいしかった。

——ほんとに、おいしい！　こんなおいしいもの食べたの、はじめて。

リュアンのおどろきと、喜びが伝わってきた。

いつもは食の細いリュアンが、夢中で箸《はし》を動かして食べているのを見るうちに、腹の底からじんわりと温かいものがひろがってきて、ヒュウゴは満面の笑顔になった。

リュアンが目に涙《なみだ》をためて、ヒュウゴにうなずいてくれた。

「いやぁ、こいつは、ほんとうにうまい」

ヨアルはお代わりを自分でよそいながら、言った。

「その料理人ってのは、もしかすると、あれかね、シガンさんかね」

「はい。たしか、そういう名前だったと思います。大柄《おおがら》な、酒焼けした顔の人です」

ヨアルはうなずいた。

「やっぱりなぁ。あの酒場は、ここだけの話、酒はあんまり評判がよくないんだが、料理がうまいことで人気があるんだよ。シガンさんって人も、いろいろあった人らしいが、やっぱりよい腕をしてなさるんだなぁ」

ヒュウゴは眉根をよせた。

「いろいろって？」

「うん。……ま、この話は、ここだけってことで、人に話しちゃいけませんぜ」

ヒュウゴがうなずくのを見とどけて、ヨアルは話しはじめた。

「シガンさんって人は、以前はロカルにいた料理人でね、ロカルっていやぁ、このあたりじゃ、トムランかロカルかってくらいの最高の店で、そこで名を知られてた人なんですよ。

ただ、酒のうえでの失敗があったらしくてね、おれは詳細《しょうさい》は知らねぇが、だれかを殴《なぐ》ったか、包丁で切ったかして牢《ろう》につながれたんだが、幼なじみだったマールの主人が保釈金《ほしゃくきん》を払《はら》って、店に連れてきたってことでね。ま、マールの主人にしてみりゃ、保釈金を払ったってお釣《つ》りがくるくらいの得をしたわけだが」

ヨアルはそう言って、ヒュウゴに、もっと煮込みを食べるよう勧《すす》めた。それから、ちょっと箸を置いて、しずかな声で言った。

「ふつう料理人は、下働きの頼《たの》みを引き受けたりはしねぇもんです。とくに、シガンさんのように気位が高い人はね。……それが、こんな料理を作ってくださったってことは、よっぽど、あんたさんを気に入ったってことでしょう」

ヨアルの目が、また、うるんでいた。

「慣れないことばかりで大変だろうに、よくやってなさる。——おれは、あんたさんの親でもなんでもないが、心から誇りに思いますよ」

喉《のど》もとに熱いものがこみあげてきて、ヒュウゴは思わず歯をくいしばり、うつむいた。

ぱっとリュアンが立ちあがって、部屋の隅に行くと、古びた衣装箱《いしょうばこ》の蓋をあけた。そして、中から、二枚ほどの衣《ころも》を持ってくると、ヒュウゴの脇に置いた。

——これ、着替《きが》えに使ってください。

びっくりして、ヒュウゴは衣を見た。

——父さんのお古の丈《たけ》をつめたものだから、おいやかもしれないけど、きれいに洗ってあるから。いま、着てらっしゃるのを、あとで脱《ぬ》いで置いていってくださいな。洗っておきますから。

ヒュウゴは言葉をなくしてリュアンを見ていた。

この家を出るとき、リュアンがととのえてくれた二枚の衣は、たしかにもう、汗《あせ》まみれでくたくたになっている。慣れない仕事に追われて、洗濯をする暇《ひま》を見つけるのがむずかしかったし、ごくまれに暇ができても、洗濯などしたことがなかったヒュウゴには、井戸水で衣を洗う、その方法がよくわからなかったからだ。

だが、そこまでリュアンにあまえてはいけないような気がして、ヒュウゴはためらった。

そのためらいを感じとったのだろう。リュアンの顔に、やさしい笑みが浮かんだ。

——そのくらい、やらせてくださいな。これ、ヒュウゴさんが喜ぶ顔を見たいと思って縫《ぬ》ったんですから。とどけにいく勇気が、なかなか出なくって、しまったまんまだったけど。

ヒュウゴはリュアンの顔を見つめ、うなずいた。

自分にくれるために衣を縫ってくれていたリュアンの気持ちが、うれしかった。

それから、休みをもらうたびに、ヒュウゴはふたりの家に行き、仕事の話や、街で見たことの話をするようになった。彼らはほんとうに聞き上手で、親身になって話を聞いてくれた。

つらかったことも、話してしまえば思い出に変わる。まぬけな失敗も、笑ってくれる相手がいれば、楽しい思い出になる。ささいなことでも、褒めてもらえれば励《はげ》みになる。

読み書きさえできない貧しい父娘《おやこ》だったけれど、ヒュウゴはいつしか、彼らのことを身内のように感じはじめていた。

あるとき、ふざけて「リュアン姉ちゃん」と呼んだら、思いがけないほどリュアンがうれしそうな顔をしたので、それ以来、ヒュウゴは彼女《かのじょ》を「リュアン姉ちゃん」、ヨアルを「ヨアルおじさん」と呼ぶようになっていった。

仕事に慣れてくると、うまく時間をつくるこつもおぼえた。

ヒュウゴの働いている酒場では、酒の配達もしている。そういう外まわりの仕事をするとき、すばやく仕事をかたづけて、あまった時間で下街を見てまわるのは、けっこう楽しかった。

武人階級のなかでも、帝《みかど》のお側《そば》近くを守る最高位の〈帝の盾《たて》〉の長子《ちょうし》として育てられたヒュウゴは、それまでの暮らしのなかでは下街になど降りたことがなかった。だから、なにを見てもおもしろかったのだ。

うす青い闇《やみ》があたりをおおいはじめた、ある夕暮れどき、ヒュウゴは、ふと、路地の奥にある工房《こうぼう》の明かりに目をひかれた。

数人の職人たちが、低い長椅子《ながいす》に腰をおろして、背をまるめ、一心になにかをしている。

もう、かなり暖かくなっていたせいか、戸が開けはなたれていて、通りに立っていても、彼らの手もとまでよく見えた。ヒュウゴのほかにも、小さな子どもたちなどが立ちどまって、指をくわえて、ぼんやりと彼らを見ている。

最初、ヒュウゴは、彼らがなにをしているのかわからなかった。絵を描《か》いているようにみえるが、紙ではなく、平たい円形をしたものに色をつけているのだ。それがなんだかわかったのは、奥から別の職人が手に皿をかかえて表の工房へ出てくるのを見たときだった。

（……ああ、皿に絵を描いているのか！）

ふっと、お祝い事があったときに、母がうやうやしい手つきで白木《しらき》の箱からとりだしていた、美しい絵皿を思いだした。胸が重くるしく痛み、鼻がつんとなったが、ヒュウゴは目をそらさずに、うつむいて一心に皿に絵を描いている職人たちを見つめていた。

自分とさしてかわらぬ年にみえる少年が、単純だが、美しい模様を描《えが》きだしていく。すいっ、すいっと筆を走らせるたびに、細い伸《の》びやかな線が生まれる。筆をとめると、あざやかな絵の具溜《だ》まりができて、花びらがあらわれる。幻術《げんじゅつ》を見ているようだった。

母の絵皿も、こんなふうにして作られたのだ。

どこかで魚を焼いているのだろう。風が吹《ふ》いてくると、焼き魚の匂いがした。子どもを叱りつけている母親の甲高《かんだか》い声が路地に響き、どなりかえしている子どもの声が聞こえた。

ヒュウゴは我にかえって、空の酒壺《さかつぼ》をかかえあげると、マール酒場へもどっていった。

春が過ぎ、夏がきた。

いつのまにか、都を縦横《じゅうおう》に流れる水路を行き来する舟《ふね》のなかに、汚《お》わい舟が見られるようになっていた。都と地方とを結ぶ川筋や街道《かいどう》の封鎖《ふうさ》がとかれ、自由に行き来ができるようになったのだ。

都に暮らす人びとの排泄物《はいせつぶつ》を肥料として売るために、都の外にひろがる赤葉《あかば》平野《へいや》の田畑へと運んでいく舟を、ヒュウゴはときおり水路の土手に足を止めて見送った。

赤葉平野は、前の年の冬、ヨゴ皇国軍《おうこくぐん》とタルシュ軍との最後の激戦地となったところだ。

踏《ふ》みちらされ、兵士たちの血肉《けつにく》がしみこんだ田畑を、農民たちはどうやって耕したのだろう。

この秋には、その田畑でとれた穀物や野菜が舟に積みあげられて、水路を上ってくるのだろうか。そして、その野菜や穀物を自分たちが食べるのだろうか……。そう思うと、なんともいえぬふしぎな心地が胸の底にひろがった。

召集《しょうしゅう》された民兵たちは、まだもどってこない。息子《むすこ》や夫や父たちが、戦死したのやら奴隷《どれい》にされたのやら、消息を知るすべもない下街の人びとは、すこしずつ訪《おとず》れてくるようになった行商人たちの姿を目にするや、まとわりつくようにして、都の外の話を聞こうとしていた。

頬をこわばらせて行商人の袖《そで》をにぎり、息子の消息を聞きだそうとしている母親たちの姿を目にするたびに、ヒュウゴは目をそらして駆け足でその脇を通りすぎた。

家族の行方《ゆくえ》をたずねる声を聞くのが、つらかった。夫の生死をたずねている母親の脇で、頬に涙の跡《あと》をつけて立っている幼い子どもたちが、かわいそうでならなかった。

ぼんやりと伝わってくる噂《うわさ》では、生き残ったヨゴ兵たちは捕虜《ほりょ》として、どこかへ送られたようだった。武人階級の者たちも、同じ運命をたどったのだろうか。ヒュウゴには、それを知るすべもなかった。

2 ダンガ・ドゥド

耐《た》えがたい下街の夏がじりじりと過ぎていく。

やがて、大路《おおじ》の脇《わき》に立ちならぶ街路樹が紅葉して、わずかな秋を見せてくれた。そして冬がおとずれ、また春がきて……気がつくと一年が過ぎていた。

その頃《ころ》にはもう、下街の暮らしは、ヒュウゴにとって肌《はだ》に着馴《きな》れた衣《ころも》のようになっていた。

なにかにおどろくこともなくなり、仕事には慣れきってしまって、はじめの頃のように疲《つか》れることはなくなったが、おもしろみもなくなった。

この頃、ヒュウゴの心には、なにか足りない、という思いがちらつくようになっていた。

同じことをくりかえして、日々が過ぎていく。

武術の訓練や学業は、修練すればするだけ上達する。たとえ修行《しゅぎょう》は苦しくても、その苦労の先には、輝《かがや》く鎧《よろい》に身をつつみ、この国の御魂《みたま》であられる帝《みかど》をお守りする、生きる甲斐《かい》のある人生を夢みることができた。

けれど、いまの暮らしの先に、ヒュウゴはなにも思いえがけなかった。

ただ、働いて、食べて、眠《ねむ》るだけの生活が果てしなく続いていくのかと思うと、ときおり、わめきだしたくなる。

酒場の下働きの少年たちは、こすっからいけれども気はいいやつらで、冗談《じょうだん》を言いあったりするときは、ああ、いい仲間だなぁと思えた。けれど、この先どう生きる、というような話ができる相手は、いなかった。

ヨゴという国が消えて、タルシュ帝国《ていこく》の属国《ぞっこく》になったのだということさえ、彼《かれ》らのあいだでは、さしたる意味も持っていないようだった。

そういう彼らと毎日を過ごしていると、身を犠牲《ぎせい》にして国を守るために闘《たたか》い、家族も友も皆殺《みなごろ》しにされた自分たちの悲惨《ひさん》さは、いったいなんだったのだろうと思えてならなかった。

ヒュウゴはいまでも、酒場にタルシュ兵が入ってきたりすると、全身にふるえが走り、鳥肌がたつ。怒《いか》りと憎《にく》しみで目の前がかすむ気がした。銀色の髪《かみ》を短く切りそろえ、赤に近い褐色の肌をしているタルシュ兵の顔を、正面から見ることもできなかった。

給仕をせねばならぬときなど、うつむいて顔を見られないようにしながら皿をタルシュ兵の前に運ぶあいだ、毒を盛ってやろうかと考えることさえあった。実行にはうつさなかったけれど……。

毒殺など武人のやることではない。それに、ひとりふたりタルシュ兵を殺したってしかたがない。やるのなら、タルシュの皇帝が、ヨゴ皇国《おうこく》に手を出したことを後悔《こうかい》するくらいのことをやらねば意味がないと思った。

そういう大きなことをするためには、きちんとした策が必要だろう。もちろん、腕《うで》のたつ武人たちも、たくさん必要だ。捕虜《ほりょ》にされた武人たちのなかには、ヨゴ皇国の再興を願う、気骨のある男たちが残っているだろうか。

いまは身動きがとれないけれど、いつかタルシュ帝国が、征服《せいふく》が完了《かんりょう》したと油断する日がきたら、武人たちを集めて、蜂起《ほうき》することはできないだろうか。

〈帝の盾《たて》〉のアラユタン家の長子《ちょうし》、アラユタン・ヒュウゴが生きていると知ったら、自分のもとに集まってくれる武人たちがいるのではなかろうか……。

それは心地《ここち》よい夢だったけれど、ヒュウゴは、すぐに、そんな夢を思いえがくのをやめてしまった。——ものすごく虚《むな》しくなってしまったからだ。

軍略の基礎《きそ》は学んでいたから、蜂起に必要な人を集めるにも、軍備をするにも莫大《ばくだい》な費用がかかることはよく知っていた。

すりきれた衣を、つぎあてをしながらまとい、いつも腹をへらしている自分が、それだけの金を貯《た》めるには、気が遠くなるほどの時間がかかる。……いや、どれほど時間をかけても、そんな金を貯められはしないだろう。

下街で暮らしはじめた頃は、どうしてここの連中は、ここを抜《ぬ》けだして、もっといい暮らしをするための努力をしないのだろうとふしぎに思った。でも、いまは骨身にしみてわかっている。下街では、日々を暮らすためにぎりぎりの金しか稼《かせ》げないのだ。抜けだせる道など、どこにもない。

ここにいると、生きるのでせいいっぱいで、その他のことはたいしたことではなくなる。戦火にまきこまれなかった都の下街では、国が滅《ほろ》びたという実感さえ、ほとんどなかった。

それでも、ヨゴの暮らしは、ゆるやかに変わりはじめていた。

タルシュの警邏《けいら》兵《へい》が街を巡回《じゅんかい》し、盗人《ぬすっと》や乱暴をする者を厳しくとりしまるので、都は、夜に女がひとりで歩けるほどしずかな街へと姿を変えていた。だれからともなく、アル・マ・タルシュ〈タルシュの下《もと》のしずけさ〉という言葉がささやかれはじめたのも、そういうわけだった。

それに、いつのまにか、都では、ヨゴの貨幣《かへい》よりもタルシュの貨幣であるダンガのほうが好まれるようになっていた。ヨゴ銀貨一枚が、ダンガ銅貨一枚と同じだといわれるほど、ダンガは強い貨幣だったからだ。

下街の子どもたちは、タルシュ兵のことをダンガ・ドゥド〈ダンガ貨幣の巾着《きんちゃく》〉と呼んだ。彼らに小銭《こぜに》をもらうのを期待して、タルシュ兵のそばをうろうろしている子どもらの姿を、よく見かけるようになった。

マール酒場でも、タルシュ兵がくると下働きの少年たちはわれさきに給仕につきたがった。タルシュ兵がくれる心づけは、普通《ふつう》の客からもらえる額の数倍の価値があったからだ。

仲間たちが笑顔《えがお》でタルシュ兵をもてなしているのを見るたびに、ヒュウゴは鳥肌がたつような嫌悪《けんお》を感じた。

(おれは、あんなふうに、心まで捨てない)

たとえ二度と武人階級にもどれなくとも、武人の誇《ほこ》りだけは失いたくないと、ヒュウゴは思っていた。だから、ふだんは気のいい仲間たちが、ヨゴ人の誇りのかけらもない卑屈《ひくつ》な表情をしているのを見るのが嫌《いや》でたまらなかった。

仕事がすべて終わったある深夜、下働きの少年たちは寝台《しんだい》にあぐらをかいて紙巻のチョル（煙草《たばこ》）を吸っていた。タムという少年が中指と親指で小粋《こいき》にはさみ、深ぶかと煙《けむり》を吸いこんで、気持ちよげに吐《は》きだしながら言った。

「おれよぉ、今日、いくら稼いだと思う？」

いちばん年下のライが身をのりだした。

「タムさん、今日はついてたよね、タルシュ兵に付けてさ。いくらくれたの？」

タムはにやっと笑って、懐《ふところ》からダンガ銅貨を出してみせた。ダンガ銅貨一枚は、月の稼ぎの三分《ぶ》にあたる大金だった。

少年たちは口笛を吹《ふ》き、タムをうらやんだ。

タムの口もとには笑みが浮《う》かんでいたが、その目は、はっとするほど暗かった。

「……おれよぉ」

てのひらの上でダンガ銅貨をはずませながら、タムはつぶやいた。

「やつらから、金をもらうたんびに思うんだ。……兄貴が稼げなくなった分を、こいつらから、ぶんどってるんだ……ってよ」

それまで口笛を吹いて、はやしていた少年たちが、ふっと、しずかになった。

いちばん年上のロムイが手をのばし、タムの肩《かた》をつかんで、ゆすぶった。

「おまえ、いいこと言うぜ。たんと、むしりとってやろう、なぁ。勝ったと思って余《よ》裕《ゆう》みせて、金をばらまいてる馬鹿《ばか》なやつらからよ」

下働きが雑魚寝《ざこね》をする部屋には小さな火皿が二つあるだけで、壁《かべ》ぎわには闇《やみ》がよんでいる。その陰《かげ》の中で、ヒュウゴは片膝《かたひざ》をだいて、タムの暗い笑みを見つめていた。

夜明けが近い頃、ヒュウゴは、ぽっかりと目をさました。悪夢にうなされた記憶《きおく》だけが残っていたけれど、どんな悪夢だったかはおぼえていなかった。

となりで、タムが寝返りをうった。だれかが寝言をつぶやく声が聞こえてくる。

すこしずつ白さを増していくうす闇の中で、ヒュウゴはぼんやりと、天井《てんじょう》を見ていた。

(タムの兄貴は、戦《いくさ》にかりだされたのか……)

知らなかった。一年以上もいっしょに暮らして、冗談を言いあい、同じ飯を食っているのに、考えてみると彼らの身内の話など聞いたおぼえがなかった。ロムイは知っていたところをみると、彼らはヒュウゴがいないところで、そんな話をすることがあるのだろうか。

さびしかったが、彼らを責める気にはなれなかった。ただ、ヒュウゴがひそかに壁を作っていることを彼らが敏感《びんかん》に察していて、こんなふうに距離《きょり》を置いていたことに、まったく気づいていなかった自分が、愚《おろ》かに思えた。

ふっと、修練館《しゅうれんかん》の友だちのことを思った。

腹をわって語りあい、笑いあった友だちの顔が浮かんできて、ヒュウゴは目を閉じた。

彼らはもう、この世にいないのだろうか。それとも、どこかでヒュウゴのように生きのびているのだろうか。

修練館の日々が、まぶたの裏になまなましくよみがえってくる。軍略を教えていた師たちの、背筋がぴんとのびた武人らしい姿と声。守備軍の配置を図で示しながら、ヨゴがいかに堅固《けんご》な国であるか教えてくれた、あの師たち。

それから、清浄《せいじょう》な白い衣《ころも》をまとった星読博士《ほしよみ》が教えてくださった、さまざまな歴史や、天《てん》ノ神《かみ》の話……。

あのすべては、いったいどこへ消えてしまったのだろう。なぜ、これほどあっけなく、ヨゴ皇国は滅びてしまったのだろう。……なぜ、自分はこんなところにいるのだろう。

もしかしたら、あの暮らしはあのまま、どこかにあって、自分だけそこから、こぼれ落ちてしまったのではなかろうか。そんな奇妙《きみよう》な思いが、心をかすめた。

その瞬間《しゆんかん》、これまで考えないようにしてきた思いが、心の表面に浮きあがってきた。

(おれは、このままずっと平民として生きて、死ぬんだろうか……)

閉じたまぶたが熱くなったが、涙《なみだ》は出なかった。

鳥の声が聞こえてきた。もうすぐ起きなければならない。今朝は、水汲《みずく》みの当番にあたっているから、いつもより早く起きないと、みんなに朝飯を食われてしまう。酒場の掃除《そうじ》、それから野菜の皮むき。——そういう一日が、またはじまる。

3　狭《せま》い星空

そろそろ夏、という蒸《む》し暑い夕暮れどき。ひさしぶりの休業日なので湯屋に行こうと支度《したく》をしていると、いちばん年下のライが、血相をかえて部屋にとびこんできた。

「たいへんだよ！　タムさんが、ノルアン酒場の連中にからまれてる！」

「なにぃ？　どこでだ？」

いちばん年かさのロムイが、貫禄《かんろく》をみせて、太い声で聞いた。

「ロウ酒倉庫《さかそうこ》の裏だよ。やばいよ、助けにいってやろうよ」

まだ十一歳《さい》のライは、声をふるわせている。

「おお。ノルアンの連中なんぞに、なめられて、だまってられるか。おい、行くぞ！」

ロムイが顎《あご》をしゃくると、少年たちは顔を見あわせ、いかにもケンカ慣れしているふうをよそおって、肩《かた》をいからせながら酒場を出た。

〈帝《みかど》の盾《たて》〉の子息たちが通う修練館《しゅうれんかん》では私闘《しとう》は禁じられていたが、物心ついたときから武術を学び、強くなることをひたすら目指す少年たちのあいだに、争いが起きないはずがない。教官の目をぬすんでのケンカ騒《さわ》ぎはよくあったから、ヒュウゴはこういう感覚には慣れっこだった。あの頃《ころ》、肩をならべてケンカにむかった友だちは、たぶんもうこの世にはいないのだろう。

ヒュウゴは暗い目をして、てんでに棒きれなどを持って歩いていく少年たちのあとを、手ぶらでついていった。

あたりは、ずいぶんうす暗くなっていて、商家が軒先《のきさき》に明かりを灯《とも》しはじめている。ロウ酒倉庫の裏は、もう人の顔が見えないくらいのうす闇《やみ》につつまれていた。ただ、殴《なぐ》られる音や罵《ば》声《せい》が響《ひび》き、七人ほどの人影《ひとかげ》が、うごめいていた。

（地面は、土か）

ヒュウゴは、足で感触《かんしょく》をたしかめた。これなら、運わるく石の上にでも転ばないかぎり、ひっくりかえって頭を打っても死なないかもしれない。とはいえ、ひとつまちがえば、ただのケンカでも、あっさり人が死ぬことがある。真剣《しんけん》での命のやりとりよりはましだったが、それでも、ヒュウゴは、油断なく状況《じょうきょう》を見さだめはじめた。

タムはすでに路地にのびていた。その身体《からだ》を蹴《け》っている、ひときわ図体《ずうたい》のでかい少年の後ろ姿を見たとたん、それまで威勢《いせい》のよかったマール酒場の仲間たちは足を止めてしまった。

「……ありゃあ、ドウグじゃねえか」

「ライ！　ばかやろう、おまえ、ドウグがいるって、なんで教えないんだよ！」

ロムイが小さな少年をこづいた。ライは、泣きそうになっている。

人の気配に気づいたのだろう。ノルアン酒場の少年たちが、こちらを向いた。

「おい！　マールの間抜《まぬ》けどもが来たぞ」

どっと笑い声がわいた。

「ちょうどいいぜ。このガキひとりじゃ、殴りたりなかったところだ。おい、ロムイ！　マールのカシラらしく、いいところを見せろや。うちの酒場には、昨日からドウグさんが入ったんだよ。たっぷり相手をしてくださるぜ」

はやしたてられて、ひくにひけなくなったロムイが、やけくそ気味に、天秤棒《てんびんぼう》をぶん、とひと振《ふ》りすると、前に出た。

ドウグと呼ばれた少年は、のっそりと立ったままだった。

ロムイが天秤棒をふりかぶって、ドウグの頭にたたきつけようとしたが、ドウグは意外に素早《すばや》く前に出て、天秤棒をかわし、ロムイの顔を殴りつけた。

にぶい音がして、ロムイが派手にひっくりかえった。はやす声が、いちだんと大きくなる。

すでに闘《たたか》う気をなくしているロムイを、なおも蹴ろうとしているドウグを見て、ヒュウゴはむかついた。隣《となり》に立っているショウヤに、ヒュウゴはささやいた。

「おい、肩にかけている手拭《てぬぐ》いをよこせ」

「え？」

ショウヤは、言われるままに手拭いをヒュウゴに渡《わた》しながら、うわずった声で聞いた。

「どうするつもりだ？」

ヒュウゴは、仲間の少年たちに、低いが、鋭《するど》い声でささやいた。

「あのでか物、おれがやってやる。だけど、おまえら、ぜったい、おれの名前を口に出すなよ。わかったか？」

おじけづいて、なにを聞いているのかわからない顔で、それでも少年たちはうなずいた。

ヒュウゴは、手拭いを右の拳《こぶし》にぎりぎりと巻きつけると、ぱっととびだした。

「おい」

声をかけると、ドウグが顔をあげた。駆《か》けよるや、ヒュウゴはドウグの膝《ひざ》の裏に、鋭い蹴りをたたきこんだ。がくんと膝を折ったドウグの鼻に、思いっきり右の拳をたたきつける。

拳が骨にぶちあたった痛みとともに、しびれるような快感が腕《うで》から肩、そして身体の芯《しん》をつらぬいて走った。ヒュウゴの顔に、獰猛《どうもう》な笑《え》みがひらめいた。

鼻をくだかれたドウグは、わめいて、棍棒《こんぼう》のような腕をふりまわし、ヒュウゴを殴ろうとした。武術の基本も知らない大きな動作で、見切るのは、あまりにもたやすかった。

とんできた拳の下をかいくぐると、半呼吸おき、ドウグが息を吸うのにあわせて、ヒュウゴは右の拳を鳩尾《みぞおち》にぶちこんだ。

息ができずに、身体をまるめて苦しむドウグの顎に、こんどは膝をたたきこむと、ドウグは鼻血をまきちらしながら、ひっくりかえった。

ノルアン酒場の少年たちは、ぼうぜんとしていたが、マール酒場の少年たちが、すぐに歓声《かんせい》をあげた。手をたたきながら、駆けよってくる。

「すげぇ！　すげぇよ！　ヒュー……」

ヒュウゴはふりむきざまにどなった。

「だまれ！」

少年たちは、あわてて言葉をのみこんだ。

ケンカの熱で目をぎらつかせ、ヒュウゴはノルアン酒場の連中に向きなおってどなった。

「おまえら、二度と、おれたちに手を出すな！　つぎは殺すぞ！」

凍《こお》りついたようにヒュウゴを見ている少年たちに、ヒュウゴはふたたびどなった。

「わかったか？」

少年たちは、がくがくとうなずき、捨てぜりふを吐《は》くことさえ忘れて逃《に》げていった。

ドウグの顎にぶちあてた膝が、腫《は》れてきたらしく、うまく曲がらなくなった。怪我《けが》をしていることを悟《さと》られぬよう、ヒュウゴはゆっくりとタムのところへ行った。

タムは殴られてぼろきれのようになっていたが、まるまって腹を守っていたので、見た目より怪我はひどくなかった。

「しっかりしろ。立てるか？」

声をかけると、タムは歯をくいしばってふるえながら、うなずいた。

ロムイとタムをかかえてマール酒場に帰り、ふたりの世話をしてやっているあいだじゅう、仲間たちは、ヒュウゴを、ちらちらと見て、なにか言いたそうにしていた。

ヒュウゴはため息をつくと、少年たちに向きなおった。

「なんだよ？」

手拭いを貸してくれたショウヤが、おずおずと言った。

「ヒュウゴ……さん、すげぇ、強いね。知らなかったよ」

おびえと、尊敬がいりまじった少年たちの顔を見て、ヒュウゴは顔をくもらせた。

ずっと心の底にいらだちがくすぶっていたから、つい拳をふるってしまったが、こういうケンカの後味はいつも嫌《いや》なものだった。それに、馬鹿《ばか》なことをした、という後《こう》悔《かい》もあった。

「くだらねぇ。さん付けなんかいらねぇよ。それより、おまえらに、たのみたいことがある」

ヒュウゴが低い声で言うと、少年たちは、こっくりとうなずいた。

「おれは、ケンカなんぞしたくないんだよ。馬鹿なやつらに名前を知られて、よけいなケンカにまきこまれたくない。わかるだろ？」

少年たちは、ふたたびうなずいた。

「だから、さっきのケンカの話が出ても、ぜったいにおれの名をもらさないでくれや」

ヒュウゴの声は大きくはなかったが、少年たちは完全に威圧されていた。

みんな、うなずいたが、いちばん年下のライが、おずおずと口をひらいた。

「わかったけど、すげぇ強いやつに名前を教えろって脅《おど》されたら、おれ、話しちゃうかも」

あまりに正直なので、ヒュウゴは、思わず笑みを浮《う》かべてしまった。

「そういうときはな、ライ、こう言え。その人の名前は知らないほうがいいよ。知ったやつは殺す、って言っているからってな。それでも、しつこく聞くやつがいたら明かしてもいい。でもな、そのあと、かならずそいつの名前をおれに教えろ」

ライは、ごくっと唾《つば》を飲みこんだ。

「そいつを殺すの？」

ヒュウゴは、にやっと笑った。

「死んだほうがいいって思うくらいに、痛めつけてやる」

少年たちはあいまいな笑みを浮かべた。ヒュウゴなら、ほんとうに、それくらいのことはするだろうと思っていることが、その、どこかおびえをふくんだ笑みに、透《す》けて見えていた。

その夜のケンカは、ヒュウゴの暮らしを大きく変えることになった。

あいもかわらぬ毎日にいらついている、血の気の多い十代の少年たちにとって、暴力の快感に酔《よ》えて、強いという賛美を受けられるケンカは、なにより熱中できるものだった。

とんでもなく強いと評判のドウグがたたきのめされたという噂《うわさ》は、ドウグを倒《たお》して名をあげようとねらっていたケンカ自慢《じまん》の少年たちに、火をつけてしまったのだった。

ヒュウゴの仲間たちは、名前を明かさないという約束を必死に守ってくれた。

しかし、マール酒場のどいつがドウグを倒したのか、知りたくてたまらないガキどもは、しつこくマール酒場の少年たちをつけねらうようになった。

真夏がおとずれると、都の下街は、すさまじい蒸し暑さにおおわれる。

ヒュウゴが生まれ育った上流武人の屋敷街《やしきまち》は風通しのよい高台にあり、たとえ夏の盛《さか》りでも、これほど蒸し暑いということはなかったから、ヒュウゴには耐《た》えがたく感じられた。

仕事を終えても、湯屋になど行く気にもなれず、ヒュウゴは、酒瓶《さかびん》や古くなった椅子《す》が積まれた中庭の井戸《いど》ばたで、冷水を浴びていた。

建物に囲まれていると、星空までも息ぐるしく見える。井戸ばたの石に腰《こし》をおろして、夜がふけても静まらぬ街のざわめきと、プゥンプゥンと飛びまわる蚊《か》の羽音を聞きながら、ヒュウゴは、ぼんやりとその星空を見あげていた。

ガキ同士の抗争《こうそう》などどうでもよかったが、いつまでも隠《かく》れているわけにもいかない。

タルシュの軍団は、ずいぶん前に、ヨゴの残党狩《ざんとうが》りを終えていた。それどころか、逃げていたヨゴの武人であっても、タルシュ皇帝《こうてい》に忠誠を誓《ちか》えば、枝国《しこく》（タルシュ帝国属領の意味）出身兵としてタルシュ軍に迎《むか》え入れられるという告知がなされ、逃げるのに疲《つか》れ、武人としてしか生きられない者たちが徴兵《ちょうへい》に応じているという。

もうタルシュ兵に追われることはないと知ったとき、奇妙《きみょう》なことに、ヒュウゴは、見捨てられてしまったような、さびしさをおぼえた。それは、武人としてのヒュウゴが完全に忘れさられ、もはや、タルシュにとって、どうでもいい存在になったことを意味していたからだ。

〈帝の盾〉の息子《むすこ》として生きていた頃が、いまでは、遠い夢のようだった。

耳の底に残る父の声も、うつろな、遠いこだまのようだ。

——武人とは、人のために、おのれを捨てることができる者。

天《てん》ノ神《かみ》の御子《みこ》である帝が健《すこ》やかでおられれば、国も人も安らかに暮らせる。

おまえは、いずれ〈帝の盾〉となる。おのれを捨てて、帝をお守りすることで、人の幸せを守る、それが、おまえの〈天命〉なのだ……。

あの頃は〈天命〉という言葉を聞くたびに、天ノ神の御指《みゆび》がすうっと引いた白く清らかな路《みち》が、自分の前にのびているのが見えるような気がした。清い心をもってその路を歩めば、人を幸せにできるのだと信じていた。

けれど、あれほど確かに思えたすべては、あっけなく消えて、もう、天ノ神の御指がどこに路を引いておられるのか、見えなくなってしまった。

どんな暮らしをしていても、武人の魂《たましい》だけは持ちつづけていようと思っていたのに、その思いさえ、いつのまにか消えかけている。心の底に必死に灯しつづけてきた小さな火が、ちらちらとゆれて、いまにも消えてしまいそうだった――。人を幸せにする、強き者。そんな者になれる路など、どこにも見えない。

ヒュウゴは歯をくいしばって、顎を胸につけた。汗《あせ》くさい衣《ころも》を着て、酒樽《さかだる》に座《すわ》っている自分の無力さが、胸に黒ぐろとした穴をうがっていくようだった。

いま、胸《むな》にひろがっている虚しさは、倉庫の焼け跡《あと》を見たときより、はるかに味気ない、砂をかむような虚しさだった。

（……くだらない）

蚊遣《かや》りの煙《けむり》がただよう、蒸し暑い中庭にたたずんで、ヒュウゴは胸の中でつぶやいた。

名前を言うな、と仲間に誓《ちか》わせた自分が、こっけいに思えた。

こんな暮らしのなかで、そんなふうに身を守ることに、なんの意味があるだろう？

いまの自分には、守るべきものなど、なにもなかった。

4 狂気《きょうき》

油のように大気がよどむ昼下がり、ヒュウゴはうす暗い店の片隅《かたすみ》に座《すわ》りこんで、うとうとしていた。

朝の仕事がかたづき、店が開《ひら》く夕方まではまだ間《ま》があるわずかな隙間《すきま》で、仲間たちが路地に出てモッコ（賭《か》け札《ふだ》を地面にたたきつける遊び）をしている声が聞こえていたが、風邪《かぜ》でもひいたのか、すこし微熱《びねつ》があるようで身体《からだ》がだるく、ヒュウゴはひとり、ひんやりとした壁《かべ》に背をつけて、目をつぶっていた。

壁ごしに聞こえていた歓声《かんせい》が、ふいに、なにかわめいている声にかわった。

ヒュウゴは目をあけ、首をねじって裏口のほうを見た。

白く切りとられたように浮《う》かびあがっている戸口に、少年たちの影《かげ》があらわれたかと思うと、切迫《せっぱく》した声が響《ひび》いてきた。

「ヒュウゴさん！　ヒュウゴさん！」

ヒュウゴはのっそりと立ちあがった。

廊下《ろうか》に出ると、裏口にむらがっている少年たちが、いっせいにしゃべりはじめた。

「たいへんだ、ヒュウゴさん！　ライが……！」

「ライがどうした？」

聞きかえしたとき、外でなにか声のようなものが聞こえ、少年たちが戸口の外をふりかえった。そして、あわてたように身体をどけた。

ふたりの少年が、ぐったりとしたライの身体をかかえて入ってきた。

それを見るや、ヒュウゴは顔色を変えて駆《か》けよった。

ひどく殴《なぐ》られたのだろう。幼いライの顔は血まみれで、まぶたがもう腫《は》れはじめている。

「頭をゆらすな！　そっと運んでこい」

ヒュウゴは、こわばった顔でつっ立っている少年たちに目を向けた。

「タム、水を汲《く》んでこい！　きれいな水だぞ！　ユギ、おまえは、干場《ほしば》からきれいな手拭《てぬぐ》いを持ってこい！　ほかのもんは敷物《しきもの》を床《ゆか》にひろげろ」

少年たちはうなずくや、ぱっと駆けだしていった。

「ロムイさん」

ヒュウゴは、年長のロムイに顔を向けた。

「すんませんが、シガンさんに事情を話して、打ち身の薬と傷薬、分けてもらってきてくれませんか」

「おう、すぐ行ってくるわ」

ロムイはうなずくと、暗い廊下をドタドタと駆けていった。

ライをかかえている少年たちを手伝って、とにかく頭をゆらさぬよう気をつけながら、ヒュウゴはライをそっと敷物の上に寝《ね》かせた。

腫れて詰《つ》まってしまっている鼻から、苦しそうに息をもらしながら、ライがなにか言った。

「なんだ？」

かがみこんで、耳を口もとによせると、ライの細い声が聞こえた。

「……おれ、名前、言っちゃった。ごめんなさい」

ヒュウゴは、はっと目を見ひらいた。

しん、としたものが身体の底にひろがった。

ヒュウゴは凍《こお》りついたように動きを止めて、小さなライの、血まみれの顔を見つめた。

ライはまだ十一だ。

ヒュウゴの名前を知りたいなどと、そんなくだらぬ理由のために、こんな小さな子を、ここまで殴るやつがいるのか。

腹の底にひろがった冷たさが、ふいに、焼けつくような怒《いか》りにかわった。

ヒュウゴはぎりぎりと歯をくいしばった。

そっと、髪《かみ》をなでてやりながら、ヒュウゴはかすれ声で、ささやいた。

「あやまるのは、おれのほうだ、ライ。……ひどい目にあわせちまったな」

それから、顔をあげると、だまって見おろしている少年たち、ひとりひとりを見つめた。

「おまえらにも、あやまる。――これは、おれのせいだ」

どう応《こた》えてよいかわからずに、複雑な顔で自分を見おろしている少年たちに、ヒュウゴは深く頭をさげた。

水を持ってもどってきたタムと、手拭いを手に持っているユギが、この光景を見て、びっくりしたように足を止めた。

顔をあげると、ヒュウゴはタムたちに目をやり、しずかに手招きをした。そして、その手から手拭いと水を受けとった。

ヒュウゴが冷たい水に手拭いをひたして、ライの顔をふいてやり、目と額の上に、手拭いをのせてやっているあいだ、少年たちは身動きせずに、じっと見おろしていた。

ライの世話をしているヒュウゴの手つきは、しずかで、やさしかったが、そのしずけさは雷雲《らいうん》のようにすさまじい何かを孕《はら》んでいたからだ。

ロムイが持ってきた薬をつけてやり、ひととおりの手当てを終えると、ヒュウゴはライにささやいた。

「あとで、ミグの根（痛み止めの効果がある）を煎《せん》じて飲ませてやるから、それまで眠《ねむ》ってろ。今夜の仕事は、おれがおまえの分もやるから、心配すんな」

ライは、かすかにうなずいた。それから、蚊が鳴くような声で言った。

「……ヒミ」

ヒュウゴはまた、ライの口もとに耳を近づけた。

「おれ、を殴ったの、ヒミってやつだ、よ。名前、教えたのに、殴ったんだ」

ヒュウゴはうなずいた。

「わかった。二度とおまえに手出しはさせねぇから、安心して寝ろ」

ほっとした顔になってライが目をつぶると、ヒュウゴは立ちあがった。

そして、だまって自分を見つめている少年たちに言った。

「ヒミってやつ、知ってるか？」

ロムイがうなずいた。

「おう。タンギ酒場のカシラだ。でかくてよ、キレると手に負えないって話をよく聞くぜ」

ヒュウゴはうなずくと、ふいに彼《かれ》らに背を向けた。

草履《ぞうり》をつっかけて、裏口から外に出ると、真夏の熱気がむっと身体をおしつつんだ。

目を細め、ぎらぎら容赦《ようしゃ》なく照りつけている日の光を顔に受けていると、背後から、ためらいがちな声が聞こえてきた。

「……あの、な」

ふりかえると、ロムイが、こまったように顔をゆがめて立っていた。

「おまえが強いこたぁ、よくわかってんだけどよ……正直なこと、言わせてもらっていいか」

ヒュウゴはうなずいた。

ロムイは唇《くちびる》をなめ、顎《あご》をかきながら言葉を継《つ》いだ。

「おまえさ、ヒミをたたきのめすつもりなんだろうけどよ、そのあとのこと、考えてくれねぇか」

ヒュウゴは眉《まゆ》をひそめた。

「そのあとのこと？」

「ああ。たたきのめすったって、殺すわけじゃねぇだろ？……ヒミってのは、執念《しゅうねん》深いやつだっていうし、タンギの連中だって面子《めんつ》があるからよ、カシラをやられたら、やられっぱなしじゃいられねぇ。かならず、仕返しをしてくるぜ」

ヒュウゴは細めていた目を、すっとあけた。

「……ロムイさん」

「うん？」

「ありがとう」

ロムイが、おどろいたようにまばたきした。

「え？……なにがだ？」

「おれ、そこまで考えてなかったよ。——やるんなら、そこまで考えなきゃな」

ヒュウゴは、つかのまロムイを見つめて考えていたが、やがて、口をひらいた。

「ロムイさん、タンギの連中のなかで、知っているやつ、いるかい」

ロムイは顎をさすった。

「おれは、あそこはだれも知らねぇけど、たしか、だれか、あっちのほうに従兄《いとこ》がいるやつ、いなかったっけか?」

ロムイの背後にたむろしていた少年たちのなかで、ユギがおずおずと手をあげた。

「おれっす。おれの従兄が、タンギ酒場で働いてます」

ヒュウゴはユギに顔を向けた。

「おまえ、その従兄と仲がいいか?」

ユギはとまどったような顔で、うなずいた。

「いいっすよ。実の兄貴より、好きなくらいっす」

それを聞くと、ヒュウゴの笑《え》みが深くなった。

「そうか、そいつは、ありがたい」

ユギは眉をひそめた。

「え? ……なんで?」

笑みを浮かべたまま、ヒュウゴは言った。

「そのツテ、使わせてもらうぜ、ユギ」

それから、ヒュウゴは、ほかの連中に目を向けた。

「おれは、ヒミを潰《つぶ》す。——おれを的にかけてるやつは、すべて潰す」

ロムイに視線を向け、ヒュウゴは言った。

「だけどな、ロムイさん、心配しねぇでくれ。この酒場のもんに仕返しをしようなんて気は、起こさせねぇからよ」

平坦《へいたん》な声だった。

その声とは裏腹に、底光りしているヒュウゴの目を、少年たちは声もなく見つめていた。

ヒュウゴが、ヒミを運河沿いの材木置き場に呼びだしたのは、それから二十日後だった。

夕暮れにはまだ間《ま》があるが、どんよりとくもった日だった。前の日から雨が降ったり止《や》んだりで、まだ小雨《こさめ》がぱらつき、地面はかなりぬかるんでいる。

ヒミは天秤棒《てんびんぼう》をたずさえ、タンギ酒場の下働きの少年たちをひきつれて、悠々《ゆうゆう》とあらわれた。

十六とはとても思えぬでかい男で、胸にも腕《うで》にもがっちりと筋肉がつき、樽《たる》のような身体をしている。平たい顔の中に埋《う》まったような目は、白目が多く、見つめられると、落ちつかぬ気持ちになった。

この二十日のあいだ、ヒュウゴは、暇《ひま》を見つけては、ヒミのことを探《さぐ》りつづけた。ユギに呼びだしてもらって従兄から話も聞いたし、ヒミがケンカをしている場面も、一度だけだが見ることができた。

ヒミの動きは、ドウグほどにぶくない。ドウグとやっていたら、まちがいなく勝っていただろう。ヒュウゴに脇《わき》から獲物《えもの》をさらわれて、いらついたのも、わからないではない。

ヒミには、しかし、どこか異常なところがあった。おびえて尻尾《しっぽ》をまいている犬を、路地の隅に追いつめて激しく蹴《け》っているのを──その顔に楽しげな笑みが浮かんでいるのを見たとき、ヒュウゴは吐《は》き気《け》をおぼえた。

こいつは、ライを殴ったときも、こんな顔をしていたのだろう。

(殺しちまっても、だれも哀《かな》しまねぇだろうな)

そんな思いが、胸をよぎった。

ユギの従兄が、おびえながら打ちあけてくれた話を聞いて、その思いはますます強くなった。

(やりすぎて殺しちまっても、心が痛まないってのは、ありがたいな。それに、こういうやつなら、仲間連中も復讐《ふくしゅう》なんぞ考えないだろ)

そう思いながらも、気は晴れなかった。

ヒミを探っているあいだ、いつも心のどこかに、くだらないことをしているという思いがあった。ライの敵討《かたきう》ちだと思ってもなお、その思いは消えなかった。くだらないと思いながら、ケンカをするために下調べなどをしている自分を、さめた目で見ている自分がいるのだ。

ヒミは強いし、異常なほど残忍《ざんにん》だ。心底乗れていないケンカで、命を落とすことになるかもしれない――。そう思っても、それさえ、どこか人ごとのようだった。

雨がすこし強くなった。細かい雨粒《あまつぶ》が、しぶきのように顔に当たる。

いま、目の前にヒミがいる。

ヒミの背後には、タンギ酒場の少年たちが並んで、こわばった顔でこちらを見ている。

自分の背後に並んでいる仲間たちも、おびえた顔で、なりゆきを見ているのだろう。

そのすべてが遠いところにあるような、奇妙《きみょう》な虚《うつ》ろさの中に、ヒュウゴはいた。

ひとり仲間から離《はな》れて立っているヒュウゴを見るや、ヒミは顔をしかめた。

「なんだ、てめぇは？」

その声を聞いたとたん、雨の音がはっきり感じられるようになった。

ヒュウゴは大きく息を吸うと、こわばった身体をほぐすように肩《かた》をならした。それから、うすい笑みを浮かべた。

「……てめぇ、自分が的にかけてた相手の顔も知らねぇのか」

ヒミは眉を跳《は》ねあげた。

「なんだぁ？　てめぇがヒュウゴだってか？」

言うや、ヒミは咳《せ》きこむように笑いはじめた。

「てめぇみたいな、チビが？　……ふざけてんじゃねぇよ」

ヒュウゴは肩をすくめた。

「てめぇは、正真正銘《しょうしんしょうめい》の馬鹿《ばか》だな。おれは、てめぇのことを、よく知ってるぜ。タンギのカシラだとか威張《いば》っちゃいるが、強欲《ごうよく》で、仲間から給金をまきあげてるんだってな。――うすぎたねぇ野郎《やろう》だぜ」

ヒミの目もとがこわばり、こめかみに青筋が立った。

ブン……と、にぶい唸《うな》りが聞こえ、脳天に風圧を感じた。

ヒミが、脳天めがけて天秤棒を思いきり振《ふ》りおろしてきたのだった。

ヒュウゴは前に出ながら体《たい》をかわし、棒をかいくぐるや、ヒミの鳩尾《みぞおち》に拳《こぶし》を突《つ》きこんだ。分厚い板を殴ったようだった。手首にまで痛みが走った。細く裂《さ》いた手拭いを巻いて拳をかためていなかったら、拳の骨にひびがはいったかもしれない。

顔をしかめて跳《と》び離れると、ヒミが泥濘《ぬかるみ》に先が埋まった天秤棒を引き抜《ぬ》きながら、にやっと笑った。

「そんなもんか。——蚊《か》トンボみてぇな拳だな」

言うや、天秤棒を地面に捨てて、ヒミは両手をひろげてみせた。

「ほれ、殴らせてやるぜ。殴ってみろや」

鼓動《こどう》がはやくなっていく。頭の芯《しん》がさめ、視界がぐっとせばまった。真剣《しんけん》を向けあった試合のときの、一点に集中していく感覚がおとずれ、ヒュウゴは細く口をひらき、すうっと息を吸った。

そして、ぐっと息を止めるや、まっすぐにヒミに向かって走った。

蹴り足がとどく間合《まあい》にはいった、そのとき、ヒュウゴは泥濘にしっかり軸足《じくあし》を踏《ふ》みとどめ、鋭《するど》く蹴り足を振りだした。

にやにやしながら、ヒミは太腿《ふともも》をわずかに内側に曲げて、ヒュウゴが股間《こかん》に飛ばした蹴りを余裕《よゆう》で受けながそうとした……が、つぎの瞬間《しゅんかん》、顔をゆがめた。

急所を狙《ねら》ったように見せかけながら、その手前で宙をピンッと蹴りあげたヒュウゴの足が、まっすぐ落ちてきて、膝上《ひざうえ》を蹴りおとしたのだ。

がくん、と、ヒミの膝が折れた。

よろめきながら、ヒュウゴの髪をつかもうとしたヒミの手をかいくぐり、その衣《ころも》を両手でつかむや、ヒュウゴは思いきり、ヒミの鼻に頭をたたきつけた。

骨に響く痛みとともに、鼻が折れる感触《かんしょく》が額に伝わってきた。

ヒミの歯が眉間《みけん》にあたった。にぶい痛みが走って、血が鼻の脇を伝わるのをヒュウゴは感じた。

そのとき、首に太い指が触《ふ》れた。

首をしめあげられる……その力がはいる直前、ヒュウゴは身体をねじり、肘《ひじ》をひくや、ヒミの腋《わき》の下に思いっきり突きこんだ。

うめき声とともに、ヒミの左手が首からはずれた。

その隙《すき》をついてヒュウゴは拳をかためるや、戸をたたくようにヒミの折れた鼻にたたきつけた。血と、くだけた歯の破片《はへん》をまきちらしながら、ヒミがよろよろと背後にさがった。

ヒュウゴも、肩で息をしていた。

目に血が入って、よく見えない。耳の奥《おく》で自分の息の音を聞きながら、ヒュウゴは一歩さがり、泥濘の中で、ふたたび足場をかためると、鋭く右足を振って、ヒミの急所に爪先《つまさき》を蹴りこんだ。

白目をむいて、両膝を落とし、急所をおさえながら悶絶《もんぜつ》しているヒミの耳を、ヒュウゴはなおも蹴った。

耳を蹴れば、人は死ぬこともある。わかっていながら自分を止めることができなかった。

腹の底に獣《けもの》がいて、悶《もだ》え狂《くる》っているようだった。

全身が炎《ほのお》に焼かれているように熱かった。

気がつくと、背後から羽《は》交《が》い締《じ》めにされていた。

ロムイがむしゃぶりついて、なにか言っている。ぼわっとした耳鳴りにしか聞こえなかったその声が、やめろ、もうやめろという言葉に聞こえてきたとき、憑《つ》き物《もの》が落ちたように、頭の中で、なにかが途《と》切《ぎ》れた。

ヒュウゴはぜぇぜぇと息をつきながら、血まみれで、白目をむいて気を失っているヒミを見おろしていた。

それから、ロムイの腕に手を置いて、そっと放させると、ヒミに近づき、膝をついた。

首筋に手をやると、しっかりとした脈が触れた。

ふるえながら息をつき、それでもヒュウゴは、最初から考えていたとおりに、ヒミの帯に結んであるドゥド（巾着《きんちゃく》）に手をのばした。指がふるえていて、なかなか解《と》けなかったが、ようやく解けると、ずっしりと銅貨がはいったドゥドがてのひらの上にのった。

息をつきながら、ヒュウゴは立ちあがり、声もなくこちらを見つめているタンギ酒場の少年たちに顔を向けた。

そして、彼らのほうへ歩いていき、ユギの従兄の前で立ちどまった。

「おまえらが、盗《と》られた分、ここから、とれよ」

少年たちは、とまどった顔でヒュウゴを見ていた。

「ヒミが、また、おまえらを脅《おど》すようなら、おれに言え。おれは、何度でも、ヒミを潰す」

物欲《ものほ》しげにドゥドを見ながら、それでもためらっている少年たちに、ヒュウゴは疲《つか》れた声で言った。

「……カシラってのは、仲間を守って、ナンボだろ。仲間から金をむしりとるようなやつは、カシラでもなんでもねぇ。ただの、ダニだ」

地面にドゥドを落とすと、ヒュウゴは彼らに背を向けた。

ヒミの脇を通って仲間のところへもどろうとした、そのとき、こちらを見ている仲間たちの目が、はっと見ひらかれた。

それを見なかったら、殺されていただろう。

気絶していたはずのヒミが、いきなり跳ね起きるや、長靴《ちょうか》に隠《かく》し持っていた短剣を、ヒュウゴの腹に突きだしたのだ。

脇腹に激痛が走った。——とたん、頭の中で、なにかが切れた。

ヒュウゴはわめき声をあげるや、短剣を持っているヒミの肘を抱《だ》きこんで、折った。

ヒミの悲鳴が聞こえても、ヒュウゴは手を止めなかった。

泥濘に落ちた短剣を拾いあげ、ふりかぶると、ヒミがあわてて、掌《て》をかざして刃《やいば》を避《さ》けようとした。その掌に、ヒュウゴは思いっきり刃を突きこんだ。

悲鳴がふきあがった。ヒミの掌の骨をこすって刃がめりこんでいくのを感じながら、ヒュウゴはさらに、その刃をぎりぎりと突きこんで、上下に動かしながら腱《けん》を切り裂いた。

高い悲鳴が途切れたとき、どす黒い快感が下腹《したばら》から突きあげてきた。身ぶるいするほどの快感の底に、ぽっかりと開《ひら》いていく虚ろな穴を、ヒュウゴはじっと見つめていた。

第三章　ならず者のカシラ

1 長靴《ちょうか》と短剣《たんけん》

ふわりとなにかが首に巻きつく感覚に、ヒュウゴは、はっとした。

「タラムー?」

つぶやくと、彼《かれ》に従って、ぞろぞろと歩いていた少年たちのひとりが、

「え、なんすか?」

あわてて、聞きかえしてきた。

ヒュウゴは足を止めて、あたりを見まわした。大通りの向こう側に、リュアンがたたずんで、こちらを見ている。

「おまえら、先に帰ってろ」

ヒュウゴが言うと、少年たちは、けげんそうな顔をした。

「でも、ヒュウゴさん、ひとりじゃ、やばいっすよ。このあたりは、まだ、ダウランのやつらの縄張《なわば》りだし、やつら、こないだ、おれたちにたたきのめされて、かっかき

てっから」

「いいから、行け」

ヒュウゴが短くつぶやくと、少年たちは顔を見あわせて、ちょっと不満そうに、小走りに消えていった。

ヒュウゴは、彼らの姿が見えなくなるまで見送ってから、ゆっくりと通りを渡《わた》った。

初夏の風が頬《ほお》をなでていく。リュアンに助けられてから、もう四年という年月が過ぎていた。

ひさしぶりにリュアンを見て、ヒュウゴはあらためて、リュアンには、どこかほかの人とちがう雰囲気《ふんいき》があると強く感じた。リュアンが身にまとっている清涼《せいりょう》な風のようなものが、くっきりと見えるような気がするほどだった。

普通《ふつう》なら、とうに嫁《よめ》に行って子どもをかかえている年頃《としごろ》の女が、まだ娘髪《むすめがみ》（既婚《きこん》女性のように髪を結《ゆ》わず、うなじで結んでいる髪型）のままでいる奇妙《きみょう》さと、その清涼な雰囲気とがあいまって、通りにたたずんでいるリュアンを妙に目立たせている。

近づいていくと、リュアンが、かすかにほほえんだ。とまどっているような、こわばった笑《え》みだった。

大通りの向こう側を、いかにも危なそうな少年たちを従えて歩いている少年に気づいたとき、リュアンは、はじめ目を疑った。

つややかな黒髪を背で結び、大人と変わらぬほど背が高いその少年の横顔には、たしかに見おぼえがあったけれど、彼女《かのじょ》が知っているヒュウゴとは、あまりに雰囲気がちがったからだ。

タラムーが、するすると渡っていって、その少年の首に巻きつくのを見て、リュアンは、やはり、彼はヒュウゴなのだと知った。

いま、通りを軽い足どりで渡ってくるヒュウゴは、しなやかだが、いかにも力がありそうな身体《からだ》つきをしていた。目鼻だちのすっきりとととのったその顔には、よく研《と》がれた刃物《はもの》に似た、思わず目を吸いよせられるような魅力《みりょく》があった。

近所の女の子たちが、さかんにヒュウゴの噂《うわさ》をしていたわけがよくわかる。……けれど、リュアンは、ヒュウゴの顔をまともに見ることができなかった。

「リュアン姉ちゃん、ひさしぶり」

その声は、かつての少年の声とはまるでちがう、深い大人の男の声だった。

リュアンは、とまどいを隠《かく》せなかった。

――……おどろいた。ヒュウゴ、すごく変わったねぇ。

ヒュウゴは眉《まゆ》をあげて、おどけたふうに自分の全身を見まわしてみせた。

「そうか？　まあ、そうだろうな。人をぶんなぐっても拳《こぶし》を痛めないために鞣《なめ》し革製《がわせい》の手甲《てこう》をつけているし、親父《おやじ》さんが言うところの、〈ならず者しか履《は》かない〉長靴《ちょうか》も履いているし」

なにも言えずに、リュアンはヒュウゴを見ていた。その表情を見て、ヒュウゴは真顔になり、わずかに目をそらした。

――ヒュウゴ、いま、どこにいるの？　マール酒場を辞《や》めちゃったでしょ。

「ああ。もう半年ぐらい前にな」

リュアンがなにを言いたいのか、すべて察しているというふうに、しずかにリュアンの言葉を待っているヒュウゴの顔には、はじめての給金で煮込《にこ》み料理を作ってもらい、走って持ってきてくれた頃の面影《おもかげ》は、まったくなかった。

泣きたいような気持ちがこみあげてきて、リュアンは、きゅっと唇《くちびる》を結んだ。

「リュアン姉ちゃん……」

ヒュウゴが、しずかな声で言った。

「おれは、たしかに変わったよ。だから、マール酒場を辞めたときも、教えなかったんだ。

おれに関《かか》わると、リュアン姉ちゃんたちに迷惑《めいわく》がかかるかもしれないからさ」

――どうして？　タルシュ兵は、ずっと前に、残党狩《ざんとうが》りを終えているのに。

ヒュウゴの口もとに、ちらっと笑みが浮《う》かんだ。

「タルシュよりくだらないやつらが、おれを倒《たお》して名をあげようと、狙《ねら》ってやがるのさ」

その噂は、リュアンも聞いたことがあった。ヒュウゴは、下街のガキどものなかで、大勢の手下を従える、ならず者のカシラになっている、という噂だった。

――……どうして、ヒュウゴ、そんなふうになってしまったの？

ヒュウゴは、肩《かた》をすくめた。

「どうしてだろうなぁ。おれも、ときどき、そう思うことがあるよ」

商店の脇《わき》の壁《かべ》によりかかって、ヒュウゴはつぶやいた。

「こっちはその気がなくても、馬鹿《ばか》なやつらがつっかかってくる。最初は、つっかかってくるやつだけ相手にしてたんだが、そのうち、うんざりしてきてさ」

暗い、ぎらぎらした目を通りのほうに向けて、ヒュウゴは吐《は》きだすように言った。

「いっそ、下街全部シメちまえば、すっきりするだろうと思った。

いまじゃ下街の西半分はおれのもんだぜ。チャナラ路地から西《にし》ノ大路《おおじ》のあいだで、おれにつっかかってくるやつはいねぇよ」

鼻で笑って、ヒュウゴは頭の後ろを壁につけて、空を見あげた。

「……くだらないよな。でも、ほかに、やることもなくてさ」

——仕事は？　なにをして暮らしているの？

「それが、笑える話でね。トムランにいるんだよ、おれ」

——トムランって、あの高い料理屋さん？

トムランは、下街の酒場ではなく、去年の暮れに封鎖《ふうさ》を解かれた中《なか》ノ坪《つぼ》のそばにあり、中層以上の商人たちや、ときには武人階級の者たちが食事をしにいく大きな料亭《りょうてい》だった。

「トムランの店主が、変わった人でね。ひとり息子《むすこ》が、悪い仲間とつるむのを何度叱《しか》ってても止められないものだから、おれにたのんできたんだよ。そいつを守ってやってくれってね。悪ガキどものケンカで、大怪我《おおけが》したり、ひどい目にあったりするようなことがないように、あんたを見こんで、たのむってさ」

ヒュウゴは笑った。

「だから、息子の面倒《めんどう》をみてやるから、代わりに仕事をくれるか、と言ったのさ。びっくりしていたぜ。おれみたいな悪ガキが、仕事をしたがるとは思ってなかったんだろうな。

息子のほうは、ちっと怖《こわ》い目にあったことがあってよ、それ以来足を洗ってカタギになったけど、おれはいまもトムランに住みこんで働いてる。マール酒場より給金も待遇《たいぐう》もはるかにいいよ」

その笑みに、ついっと苦いものがまじった。

「それに、トムランは、枝国税《しこくぜい》分も考慮《こうりょ》して給金に乗せてくれるからな、枝国軍に入らずにすんでいるし」

ヨゴ枝国軍が形を整えはじめてから、多くの若者が徴兵《ちょうへい》されるようになっていた。かつてマール酒場でいっしょに働いていたロムイも、タムも、いまは枝国軍の兵士になっている。

〈税か、兵か〉という言葉がささやかれるように、家族のだれかが枝国軍に入れば、タルシュ帝国《ていこく》に納める税負担が、かなり軽くなる。

それまでの税に加えて、枝国税までとられているヨゴの人びとの暮らしは苦しく、いまだに夫を〈草兵《そうへい》〉にとられたままの家族などは、食うや食わずの極貧《ごくひん》におちいってしまっている。そういう家では、息子に枝国軍に入ってもらって、なんとか生きのびているのだった。

重い税か戦場か、いずれにしても、先にろくな暮らしが待っていると思えない下街の若者たちの心は荒《すさ》みきっていて、ケンカ沙汰《ざた》も以前より残酷《ざんこく》なものに変わっていた。

正午を知らせる鐘《かね》の音《ね》が響《ひび》きはじめ、通りの屋台に昼食をとりに出てくる人で、騒《さわ》がしくなってきた。

ヒュウゴは、リュアンの澄《す》んだ鳶色《とびいろ》の瞳《ひとみ》を見おろした。

遠くなってしまった弟を見るような、そのまなざしを見ていられなくて、視線をすっと浮かせてヒュウゴはつぶやいた。

「……これから、どこかへ行くのか？」

リュアンは頭を振《ふ》った。

——家に帰るところ。

「送ってやりたいけど、おれといるところを見られたら、かえってやばいな」

リュアンの顔に、さびしげな笑みが浮かんだ。

——大丈夫《だいじょうぶ》。ひとりで帰れるわ。まだ、明るいもの。

「そうか。じゃあ、元気でな」

リュアンは、なにか言いたそうにしたが、結局なにも言わずに、うなずいて歩きはじめた。

するりと、タラムーが首から離《はな》れていく。

首筋が、すうっと冷たくなったような気がした。ヒュウゴは短く吐息《といき》をつくと、リュアンに背を向けて歩きはじめた。

胸にたゆとうている、なんだかわからぬ思いに気をとられていたせいで、足音に気づいたときには、ヒュウゴは、数人のならず者たちに囲まれてしまっていた。

背中に、チクッと刃物の先が当たった。脇に並んだ少年の顔に、ゆがんだ笑みが浮かんでいる。

「……お供はどこだい？　え、ヒュウゴさんよ」

この坪（区域）を縄張りにしている、ダウラン（絹織物）工場《こうば》の職工たちだった。

見まわすと、五人の少年たちが、にやにやしながらヒュウゴを囲んでいた。

「いっしょに来てもらうぜ」

この道の向こうは運河で、船荷を収める倉庫が立ちならんでいる。その裏にでも連れこんで、大勢で袋《ふくろ》だたきにするつもりなのだろう。いったん連れこまれてしまったら、逃《に》げられまい。

すうっと冷たいものが全身をおおった。ヒュウゴは肩をすくめ、素直《すなお》に歩きだした。少年たちが、あとに続いて歩きだそうとした瞬間《しゅんかん》、ヒュウゴは背に短刀を突《つ》きつけている少年の足の甲を思いっきり長靴のかかとで踏《ふ》みつぶした。

少年が叫《さけ》び声《ごえ》をあげるのと、ヒュウゴが、だっと駆《か》けだすのが同時だった。追いすがってきた別の少年に、ふりむきもせずに、ヒュウゴは裏拳《うらけん》をとばした。いきなりとんできた拳を顔に受けて、少年はもんどりをうってひっくりかえった。

ヒュウゴは建物と建物のあいだの、細い路地に駆けこんだ。続いて駆けこんできた少年は、ヒュウゴが逃げたのではなく、すぐ目の前に笑みを浮かべて立っているのに気づいて、あわてて足を止めようとした。

その少年の顔を、ヒュウゴは思いっきり殴《なぐ》りつけた。崩《くず》れおちる少年を見おろして、あとふたりだな、と、心の中でヒュウゴは思った。

しかし、そのふたりは、なかなか路地に入ってこなかった。路地の先にまわって、待ちぶせをしているのかもしれない。路地の先の通りは運河縁《うんがべり》だ。そちらへ行くより、大通りにもどったほうが勝機はあるだろう。

そう思って、明るい通りにもどろうとしたヒュウゴは、はっと足を止めた。

ふたりの少年たちが、入ってきたのだ。彼らの後ろには、さらにふたりの少年が続き、なんとリュアンが、彼らにはさまれて、ひきずりこまれてきた。

「びっくりかよ？　え？　こいつと立ち話してるときから、おまえを見張ってたのさ」

正面に立っている背の高い少年が、さもうれしそうに笑った。

それを見た瞬間、あたりの色が消えた。

血が逆流する音が耳の奥《おく》で聞こえ、ヒュウゴは歯をくいしばった。自分の愚《おろ》かさが胸にせまり、リュアンの顔を見られなかった。

やったの、やられたのと大騒ぎをし、こんなふうに暴力をふるうやつらも、自分も、くだらない。こんなくだらないことに、リュアンをまきこんでしまったことに、吐き気がした。

ヒュウゴをあざけった少年は、うつむいているヒュウゴを見て、抵抗《ていこう》をあきらめたのだと勘違《かんちが》いした。ヒュウゴの腕《うで》をつかもうと近づいたとき、ヒュウゴがうなるように言った。

「……その人を放せや。そうすりゃ、おまえらの連れていきたいところへ、行ってやる。放さねぇなら、ここでおまえらを殺す」

ほんの、まばたきするほどの間《ま》だった。ヒュウゴは、するりと短剣を長靴から抜《ぬ》くと、左手で目の前にきた少年の髪をつかんで、右手で短剣を腹に突きつけた。

リュアンをつかまえている少年たちが、わめいた。

「おい、タグンを放せ！　こいつを刺《さ》すぞ！」

ヒュウゴは短剣を持つ手に力をこめた。物騒《ぶっそう》なようでも、命のやりとりなどしたことがないガキどもが、血を見て、すくんでいる間《ま》に、リュアンを助ける……。

そのとき声が降ってこなかったら、ヒュウゴは少年の腹を刺していただろう。

「そこまでで、やめな。警邏隊《けいらたい》が後ろに来ているぞ」

平静な声が路地に響いた。ほっそりとした商人風の男が路地の入り口に立っていた。

警邏隊という言葉に、少年たちは浮き足だって、リュアンから手を放した。それを見て、ヒュウゴは、つかまえていた髪を放し、とん、と手で胸を突いて少年の身をつきはなした。

捨てぜりふを残して消えていく少年たちを、憑《つ》き物《もの》が落ちたようなまなざしで見送ってから、ヒュウゴは、リュアンに駆けよった。

危険な気配をいやがったのかタラムーはあらわれず、リュアンはまっ青な顔でヒュウゴを見あげていた。その両腕をそっとかかえるようにしてリュアンを立たせて、ヒュウゴはつぶやいた。

「……ごめん」

あとは、言葉にならなかった。

リュアンはふるえていたが、警邏隊が来たと声をかけた男が近づいてくると、ヒュウゴからはなれて、立った。

「大丈夫かね？　怪我は？」

リュアンは首を振った。

ヒュウゴは、男に頭をさげた。

「ありがとうございました」

男は、ちょっと意外そうに、ヒュウゴの顔をしげしげと見た。

三十そこそこだろうか。日に焼けた彫《ほ》りの深い顔をした男だった。ヨゴ人ではなく、どこか西方《せいほう》の匂《にお》いを感じさせる顔だちをしている。一見柔和《にゅうわ》に見えるが、目つきはかなり鋭《するど》いことにヒュウゴは気づいた。

その目に、おもしろがっているような光が浮かんでいた。男が、ヒュウゴが手にしている短剣を見ているのに気づいて、ヒュウゴは短剣を長靴にしまった。

「——きみは、平民の出じゃないな」

男が、かすかに笑みを浮かべて言った。

「ケンカの仕方も、瞬時の機転にすぐれていて、ためらいがない」

ヒュウゴは肩をすくめた。

「……助けていただいたのは、ありがたいけれど、のんびりそんな話をしていて、警邏隊につかまりたくないんで」

男の笑みが深くなった。

「あれは、嘘《うそ》さ。おれも、タルシュの警邏隊になんぞ会いたくない。やつらがそばにいたら、立ち話などしていないよ」

男はヒュウゴに合図をすると、リュアンの肩にそっと守るように手をおいて、大通りのほうへ歩きだした。ヒュウゴは、その後ろ姿に声をかけた。

「あの……」

男はふりかえった。

「もし、お願いできるなら、その人を家まで送っていただけませんか。おれといっしょのところを見られると、同じようなことが起きないともかぎらないので」

男はうなずいた。

「いいよ。今日は、すこし時間があるから。家はどこだね」

あとのほうは、リュアンへの問いかけだったが、ヒュウゴがかわって答えた。

「マヤル小坪《こつぼ》の小運河のところです。その人が道を知っています。あの連中がまた手を出してこないように、ついていってくださるだけでいいのです。よろしくお願いします」

男のそばに行って、ヒュウゴは懐《ふところ》から金を出そうとした。その手を、男が止めた。

「こんなことで金をもらおうとは思わない。気にするな。おれが好きでやったことだ」

この男は、商人ではないかもしれない。そんな思いが心にひらめいたが、ヒュウゴは、その疑念は顔に出さず、深く頭をさげた。

歩きだしてから、リュアンがふりかえった。なにも言えずに、ヒュウゴは、その白い顔を見つめていた。

リュアンは、まばたきし、目をふせると、うつむいて歩きさっていった。

2　ふしぎな男

リュアンと自分を助けてくれた男に、ヒュウゴが思いがけず再会したのは、路地の出来事から十日ほど経《た》った夜だった。

その日は、タルシュの警邏隊《けいらたい》が、料理屋など夜に営業している商店を見まわりにくる日で、ヒュウゴが給仕として働いているトムランでも、下働きから料理長まで緊張《きんちょう》して、店全体が健全に見えるように整えていた。

その日、ヒュウゴは〈ワルム（桃色《ももいろ》の花）の間《ま》〉の給仕に当たっていた。

タルシュ兵が入ってきたとき、ヒュウゴは壁《かべ》ぎわに立っていたが、細かい銀の縫《ぬ》い取りをほどこしたタルシュ特有の胴当《どうあ》てを見ても、もう以前のように、頭の皮がきゅっとちぢむような緊張と吐《は》き気《き》をおぼえることはなかった。

警邏兵は、ひととおり部屋の中を見まわすと、うつむいているヒュウゴに声をかけた。

「厨房《ちゅうぼう》に行きたいのだが」

タルシュなまりがきついヨゴ語だった。

「はい、ご案内します」

ヒュウゴは警邏兵たちを導いて廊下《ろうか》を歩きだした。

そのまま厨房に彼《かれ》らを案内し、〈ワルムの間《ま》〉にもどろうとしたとき、ふと、ヒュウゴは、警邏兵のひとりが料理人のカルに、なにかささやいたのに気づいた。

廊下に出てからも、ヒュウゴは、その光景が気になってしかたがなかった。

警邏兵が厨房から出て裏口のほうへ行くのを見まもって、ヒュウゴは厨房にとってかえした。中には入らず、料理を盆《ぼん》にのせて廊下側に押《お》しだす配膳台《はいぜんだい》の陰《かげ》からカルのようすをうかがった。

気をつけて見ていると、カルのそぶりは、たしかにおかしかった。しきりに、ほかの料理人たちの目を気にしているのがわかる。そして、ほかの料理人たちが後ろを向いた瞬間《しゅんかん》、小さな紙包みを手の中でほぐして、汁物《しるもの》にぱらぱらと注《そそ》ぎ入れた。

（……まさか、毒か？）

そのまま見まもっていると、〈ウーマ（紫色《むらさきいろ》の花）の間《ま》〉の給仕の少年がやってきた。給仕のなかでは、いちばん新入りの少年だった。

ヒュウゴに、ちょっと頭をさげてから、厨房の中へ声をかける。

「〈ウーマの間〉、そろそろ碗物《わんもの》をお願いします」

はいよ、と答えて、料理人たちが碗を大きな盆にのせていく。そのとき、カルがさっきの碗をお盆のいちばん右の端《はし》に、ほかの碗とは離《はな》してのせるのが見えた。そうやってから、カルは、給仕の少年を手でまねいた。

「おい、〈ウーマの間〉にひとりで来ている客がいるだろう？ さっき廊下ですれちがったとき、その人から、碗物にタザル（香辛料《こうしんりょう》）を入れないでくれってたのまれたんだ。これ、その人用だぞ。まちがえるなよ」

いかにも平静をよそおっているが、声がかすかにうわずっている。

給仕の少年が大きな盆を持って歩きはじめると、ヒュウゴは、背後に近よって声をかけた。

「おい」

給仕の少年は、びくっと足をとめて、おびえた顔でヒュウゴを見あげた。

「わるいんだが、ちょっと気になることがあるんだ。その盆、おれが運んでもいいか」

給仕の少年は、あきらかにほっとした顔でうなずくと、盆をヒュウゴに渡《わた》した。ヒユウゴは盆を受けとると、笑いをふくんだ声でささやいた。

「びくつくんじゃねぇよ。おれは新入りをいじめるほど、暇《ひま》じゃねぇからよ」

少年は、びっくりしたようにヒュウゴを見あげた。

「おまえ、このあと、〈ワルム（桃色の花）の間《ま》〉の給仕に代わってくれるか」

おだやかな口調で言うと、少年は、ちょっと笑顔《えがお》になってうなずいた。

〈ウーマ（紫色の花）の間《ま》〉は、ほかの部屋にくらべると小さく、ふたり連れの客が多かった。

「お待たせいたしました。碗物をお持ちいたしました」

声をかけて部屋に入った瞬間、ヒュウゴは、はっとした。入り口に近い席にひとりで座《すわ》っていたのは、あの、路地でヒュウゴとリュアンを助けてくれた男だったからだ。

男のほうもヒュウゴに気づき、なにか言おうとした。それを目顔でおさえて、ヒュウゴは、ほかの食卓《しょくたく》に先にまわって給仕をし、最後に、例の碗を持って男の食卓へ行った。

男はなにか察したらしく、だまってヒュウゴの行動を見まもっている。

碗を食卓に置くと、食べおわった皿をかたづけるふりをして、ヒュウゴは男にささやいた。

「この碗には、なにか入っています」

男は目を細めた。そして、早口でささやきかえした。

「わかった。裏口に、まだタルシュの警邏隊がひそんでいるかどうか、見てきてくれないか」

ヒュウゴはうなずいた。

男が言ったとおり、とうに見まわりを終えて帰ったはずの警邏隊が、店の裏口の暗がりにひそんでいた。それも、あの目立つタルシュの胴当てをはずして、闇《やみ》にひそんでいる。

これほど計画的にあの男を狙《ねら》っているのなら、裏口だけでなく、店は完全に囲まれているとみたほうがいい。そう思って、ヒュウゴは、あちらこちらの出口をすばやくまわってみた。思ったとおり、すべての出入り口に人が待ちぶせている気配があった。

ヒュウゴは眉《まゆ》をひそめた。

たったひとりを捕《つか》まえるだけなら、見まわりにきて見つけたときに、堂々と捕まえればいい。こんな面倒《めんどう》な方法をとるということは、あの男をタルシュ兵が捕まえたという噂《うわさ》がたつのを恐《おそ》れているとしか思えない。

あの男は、何者なのだろう。

〈ウーマ（紫色の花）の間《ま》〉にもどるあいだに、ヒュウゴは、めまぐるしく、さまざまなことを考えた。あの碗物に入っているのが毒ならば、これほどの人数で出入り口をかためているはずがない。ということは、たぶん、気分が悪くなるくらいの薬なのではないか。

すばやい抵抗《ていこう》ができなくなった男を、ひそかに捕まえて、どこかへ連れていく。生かしておかねばならない男なのだ。

ヒュウゴは帳場に向かうと、男の分の伝票を探しだして、裏に文《ふみ》をしたためた。

料理人のカルは、なにかを混入した碗物があの男のところへ運ばれたのを知っている。具合が悪くなる薬が入っているなら、そろそろ男に異変が起きると思っているはずだ。

あまり時間はなかった。

ヒュウゴは、〈ウーマの間〉にもどる前に、〈スルハ（青空）の間〉に寄って、給仕の少年を呼びだし、早口に事の次第を話し、指示をあたえた。

その少年トランは、身体《からだ》は小さいが、はしっこい少年だったから、うなずくと、よけいなことは聞かずに、ヒュウゴの指示に従って準備をしに廊下を奥《おく》へ走っていった。

〈ウーマの間〉にもどると、ヒュウゴは男の食卓に伝票を裏返して置いた。男がそれを読んでいるあいだに、ほかの客の接待をし、それを終えると、さりげなく男のそばの壁ぎわに立った。

男は眉をよせてなにか考えているようだったが、やがて、つぶやいた。

「……きみに賭《か》けてみよう。たのむ」

ヒュウゴはうなずいた。そっと廊下をのぞくと、トランが、準備ができた、という合図を送ってきた。

ヒュウゴの目を見て、男は小さくうなずくと、手にしていた茶碗を床《ゆか》に落として、うめき、よろよろと立ちあがった。ほかの客たちが、おどろいてふりかえった。

「大丈夫《だいじょうぶ》ですか？」

ヒュウゴは男を支えた。口もとをおさえている男の腕《うで》を持って支えながら、ヒュウゴはほかの客たちに、心配ないので、どうぞお食事を続けてくださいと言いおいて、廊下に出た。

廊下には、すでに数人の給仕たちと下働きの少年たちが集まっていた。彼らに囲まれるようにして、ヒュウゴは、厠《かわや》へと男を導いた。

なにごとかと厨房から顔を出した、ほかの料理人たちを押しわけるようにして、カルが前に出ようとした。

「トラン、カルを来させるな。料理を食ったとたん具合が悪くなったと、料理人に怒《おこ》っているから、いまは来ないほうがいい、とか言って、うまく止めろ」

ヒュウゴがささやくと、トランがにやっと笑って、カルの行く手をふさぎ、甲高《かんだか》い声で、しゃべりまくりはじめた。

その隙《すき》に、ヒュウゴは数人の少年たちとともに男を手洗い場に運びこみ、戸を閉めるや、

「サギル、こっちへ来い。服を脱《ぬ》げ」

と、鋭い声で命じた。

サギルは、男よりすこし背は低かったが、髪型が似ている。サギルは、言われるままに給仕の服を脱ぎ、そのあいだに男も手早く帯をはずして服を脱いだ。

「ナル、おまえは、タータンの残飯小屋へひとっ走りして、残飯を運ぶ大桶《おおおけ》を荷車にのせて、裏口まで持ってこい。空のやつだぞ、もちろん。わかってるな？　荷車を持ってきたら、そのまま裏口の脇《わき》に置いておけ。いつもの残飯整理の時間のために置きにきたように見せかけるんだ。いいな？」

ナルと呼ばれた下働きの少年は、興奮を隠《かく》せない顔でうなずくと、ぱっと飛びだし

ていった。

ヒュウゴは、ほかの少年たちにも、てきぱきと指示をあたえ、少年たちは、退屈《たいくつ》な仕事の合間にとびこんできた活劇に、わくわくしている顔で、ヒュウゴの指示に従った。

ヒュウゴは男の服に着かえたサギルに、ぐったりとうつむいていろ、と言いながら、彼をもうひとりの少年といっしょに支えて、手洗い場の外へ出た。

そのすぐ後ろから、ほかの給仕の少年たちにまじって、給仕の姿に変装《へんそう》した男も手洗い場を出て、少年たちといっしょにヒュウゴたちを見送ると、彼らと肩《かた》をならべて裏口のそばの給仕の控《ひか》え室に入っていった。

廊下で待っていたカルが、トランの脇を抜《ぬ》けて、こちらへ来ようとしているのを見て、ヒュウゴは、カルに、頭を振《ふ》ってみせた。ちらっと、お客に化けた少年のほうを目顔で示して、まだ怒っているから、こっちへ来ないほうがいい、という合図を送った。

カルが顔をくもらせて立ちどまった。ヒュウゴは大声で言った。

「お客さんが、風に当たりたいっておっしゃっているので、裏口にお連れします」

ヒュウゴが、もうひとりの給仕とふたりで男に化けた少年をかかえて、裏口から外へ出ると、物陰から、数人の男が立ちあがって、さっと取りかこんだ。

「……なんです？」

びっくりしたふうをよそおって、ヒュウゴが声をあげる間もなく、男たちは、ヒュウゴが支えている男を奪《うば》いとろうとし……それから、はっと手を止めた。

「なにをするんです！ だれですか、あんたがた」

ヒュウゴがどなると、男たちは、少年の顔をとまどったように見つめ、それからたがいの顔を見ると、ものも言わずに、ひとりは厨房へ、ほかのふたりは玄関《げんかん》のほうへ駆《か》けさっていった。

「……ひえぇ、おっかなかった」

つぶやいたサギルの肩を、ヒュウゴは、ありがとうよ、と、はたいた。

「おまえは、しばらく、タータンの残飯小屋に隠れていてくれや」

そして、サギルの肩を支えていた少年に言った。

「おまえは、給仕の服を持って、あとでサギルを迎《むか》えにいけ。この商人の服は、ぜったいに見つからないように、焼却炉《しょうきゃくろ》で燃やせ」

ふたりの少年がうなずいて立ちさると、ヒュウゴは厨房にとってかえした。

胴当てを脱いで、黒っぽい服装になっていたタルシュ兵が、厨房の陰で、カルに厳しい顔つきでなにか問いただしているのが見えた。カルは必死に手を振りながら、言いわけをしている。

タルシュ兵はカルを突《つ》きはなすと、足早に廊下を〈ウーマ（紫色の花）の間《ま》〉のほうへ歩みさっていった。

そのとき、残飯桶を積んだ荷車の音が聞こえてきた。

ヒュウゴは裏口をすかし見て、玄関のほうへ向かった男たちが、まだもどってきていないのをたしかめると、給仕の控え室の戸をたたいて、合図を送った。

給仕のかっこうをした男が、するっと廊下に出てきた。ヒュウゴは男を裏口へ導くと、大きな残飯桶の中に彼を座らせ、上に蓋《ふた》をのせた。

荷車をひいてきたナルに、タータンの残飯小屋へもどれ、と合図をすると、ナルは、よろよろしながら荷車をひいて闇の中に消えていった。

それを見送ったヒュウゴに、給仕のひとりが声をかけた。

「ヒュウゴさん、これ」

ふりかえると、少年が銅貨を数枚、ヒュウゴのてのひらにのせた。

「あの人から。食事代だそうです」

給仕への心づけまできちんと入った額の銅貨を見て、ヒュウゴは、思わずほほえんだ。

(なんとまあ、肝《きも》のすわった人だぜ)

仲間から給仕服を受けとって着かえ、もどってきたサギルは、ヒュウゴに、男から

これを預かったと、小さな紙きれを手渡した。

——今夜はありがとう。その気があったら、きみとはじめて会った路地で、明日《あす》の

夜明けに会おう。——

ヒュウゴは、ごみ箱のごみを焼却炉に入れるとき、その紙もいっしょに投げ入れて

燃やした。

あの男のことだ。ヒュウゴが、タルシュ兵に尋問《じんもん》される可能性くらい考えているだ

ろう。それでもなお、こんな紙きれを渡したということに、危険をおかしても、ヒュ

ウゴに再会したいという熱意が感じられた。

あの男が煙《けむり》のように消え失《う》せたことを知ると、タルシュ兵たちは、それ以上目立つ

行動をとることなく消え、ヒュウゴは、給仕長から、きちんとした謝罪もしていないうちに客を帰してしまったことを叱《しか》られた。

3　夜明けの運河

初夏でも、夜明けは涼《すず》しい。

まだ、うす暗く、人通りのないしずかな街をひとりで歩きながら、ヒュウゴは、こうしてあの男に会いにいくのは、かなり危ないことなのだろうな、と、思っていた。

あの路地に入ると、木箱に腰《こし》をおろしていた男が立ちあがった。

夜明けの光に、チカッと銀の縫《ぬ》い取りが光るのを見て、ヒュウゴは、はっと足を止めた。路地の奥《おく》にたたずんでいる男は、タルシュ兵の胴当《どうあ》てをつけていたのだ。

「……心配するな。おれだよ」

逃《に》げようとしたヒュウゴに、男が声をかけてきた。それは、たしかにあの男の声だった。

男がそばに来ると、彼《かれ》のまとっている胴当てが、警邏《けいら》兵《へい》のものとはすこし形がちがうことがわかった。腕《うで》に赤と金で刺繍《ししゅう》をした細い帯を巻いている。

男が、ほほえんだ。

「これは隊に復帰しているときに着る服なんだ。昨夜のうちに東門《とうもん》の宿舎にすべりこんで、これに着かえた。こいつを着ていれば、西門《せいもん》の警邏兵たちは、いよいよ、おおっぴらに、おれを捕《つか》まえるわけにはいかなくなるからな。

とにかく、助けてくれてありがとう。昨夜は危なかった。トムラン料亭《りょうてい》で会う約束になっていたやつが、あんなかたちで裏切るとは思っていなかったものでね。油断だったよ」

ヒュウゴは、低い声でつぶやいた。

「あんた、タルシュだったのか」

ヒュウゴの目にきらめいているきつい光を平然と受けて、男は肩《かた》をすくめた。

「きみの言い方でいえば、まあ、タルシュだな。だが、おれはタルシュ人ではない」

男は、腕の帯を見せた。

「この意味がわかるか？」

ヒュウゴは首を振《ふ》った。

「これはトーラム枝国《しこく》出身兵だという印だよ」

トーラム……トーラム王国。たしか、ずいぶん前に、タルシュ帝国《ていこく》に征服《せいふく》された西《せい》方《ほう》の国の名だ。

「タルシュ帝国が、いくつの属領——タルシュの言い方でいうなら〈枝国〉をかかえているか、知っているか」

ヒュウゴは、むっつりとした顔で答えた。

「……七つ、いや、八つか。わがヨゴ皇国《おうこく》をふくめるなら」

男が、にやっと笑った。

「そのとおり。やはり、きみは武人階級出身だな。それも、かなり位が高い階級の出だろう」

ヒュウゴは、男をにらみつけた。

「そんなことは、いまのおれには、もうなんの意味もない」

男の目には、あいかわらず、おもしろがっているような光が浮《う》かんでいた。

「そうは、思わんね」

男は真顔になった。

「きみは、わずか一年ちょっとで、この都の下街の半分をシメてしまったのだそうだな。給仕控《ひか》え室で隠《かく》れているあいだに、きみの手下が興奮して話してくれたよ。きみの武勇伝をね。

逆らう者には容赦《ようしゃ》がないが、手下に威張《いば》りちらすことはなく、金をまきあげることもない。ふしぎなくらい欲のないカシラだと、きみに心酔《しんすい》しきっている顔をしていた」

ヒュウゴは、くだらない、というふうに鼻を鳴らした。

男は、そんなヒュウゴを見ながら、かすかに苦笑《くしょう》を浮かべた。

「ケンカに明け暮れて縄張《なわば》りをひろげたくせに、そこに実る果実を味わう気になれないか。哀《かな》しいな、ヨゴの武人は。国はすでに滅《ほろ》び、もう武人階級ではなくなったのに、いつまでもその心根《こころね》を捨てられない」

ヒュウゴの顔から、すうっと血の気がひいた。

怒《いか》りに青ざめたその顔を見つめながら、男は、問いかけた。

「武人の魂《たましい》を哀《あわ》れまれて、腹がたつか？　きみにはもう、生まれなんぞ、なんの意味もないんじゃなかったのか？」

「……そんな話をするために、ここへ呼びだしたのか」

男はゆっくりと笑《え》みを消した。そして、ヒュウゴの言葉には答えず、低い声で言った。

「きみは、〈帝《みかど》の盾《たて》〉の息子《むすこ》だろう」

冷たい刃《やいば》を刺《さ》しこまれたような痛みが胸に走り、ヒュウゴは思わず目を見ひらいた。

「当たったようだな。このあいだきみが手にしていた短剣《たんけん》、あれは高位の武人しか持てない業物《わざもの》だ。それに、刃《は》に特徴《とくちょう》のある刻印があったからな」

男の目には、これまでの苦笑とはまったくちがう表情が浮かんでいた。

「……よく、生きのびたものだ」

ヒュウゴは、動けなかった。この男がなにを言いたいのか、――なぜ、自分をこんな目で見ているのか、わからなかった。

男はしずかに言った。

「おれが、いまのきみぐらいの年に、おれの国もタルシュ帝国に敗れた。トーラム王国は小さいが戦《いくさ》を好む国で、民《たみ》のひとりひとりが戦士としての誇《ほこ》りをもっていたから、それは、すさまじい戦になったよ。おれの血筋はシュルサ〈先陣《せんじん》をきる歩兵〉といって、戦士団のなかでもいちばん下層の歩兵だったから、おれも物心ついたときから戦士として育てられた。

おれは十六でタルシュと戦い、捕虜《ほりょ》になった。家族を皆殺しにされたからな、捕虜用の牢屋《ろうや》で目をさましたときは、餓死《がし》しても、やつらの軍門になど下るものか、と思ったよ」

ヒュウゴは、かすかに眉《まゆ》をくもらせて、男の話を聞いていた。

「だがな、同じ牢にいた、じいさんが、あぜんとするような話をしてくれた。トーラム王の首をとったのは、タルシュ兵ではなくて、トーラム王の甥《おい》だったというのだ。もともと、トーラム王家の本筋はたしかにその甥の血筋で、彼は王位を横から奪《うば》った叔父《おじ》を憎《にく》んでいたんだろう。彼に王国をやるくらいならと、タルシュと組んで王を倒《たお》し、その手柄《てがら》でもって、タルシュ帝国と取引きをして、属領統治権を得《え》る道を選んだのさ」

男の口もとに笑みが浮かんだ。

「それを聞いたとき、おれは知った。おれのような下っぱは、頭のはるか上のほうで、権力のある人たちがやっている駆《か》け引《ひ》きの、小さな、小さな、使い捨ての駒《こま》なんだと。飢《う》え死《じ》になんかしてたまるか、と、そのとき思ったよ。生きのびて、おれたち低い階級の者たちには隠されている、駆け引きのまったただなかに身をおいて、なにがこの世を動かしているのか見てやる、と心に決めた」

よく光る目で、男はヒュウゴを見た。

「タルシュ帝国が憎いか。あたりまえだよな。……だが、考えてみたことがあるか？　このヨゴ皇国を滅ぼしたのは、ほんとうに、タルシュ軍なのか、と」

ヒュウゴは、胸の動悸《どうき》がはやくなっていくのを感じた。

「なぜ、ヨゴ帝は処刑《しょけい》されずに、タルシュ帝国の帝都に移送されたのか。皇子《おうじ》たちは、いま、どこでなにをしているのか。星を読み、国の未来を予言できたはずの星読博士《ほしよみ》たちは、なにをしていたのか。いま、なにをしているのか。

民がもっとも、その導きを欲《ほっ》しているとき、彼らは、どこで、なにをしているのか」

ゴウゴウと耳の奥で血が流れる音が聞こえた。全身が冷たくなっていく。

（いま、聖なる方がたは、どこにおられるのか……）

処刑されたという噂《うわさ》は聞かなかった。――たしかに、そんな噂は聞かなかった。

ヒュウゴは拳《こぶし》をにぎりしめ、心がゆれるのを、おさえようとした。

こいつは、タルシュなのだ。タルシュがヨゴを征服したことを、正当化しようとしている言葉に、心をゆさぶられてどうする。

青白い顔で自分をにらんでいるヒュウゴを見つめて、男は、しずかに言った。

「ひとつの国が他国にのみこまれていく裏側には、さまざまなものがうごめいている。きみには、おなじタルシュにしか見えない連中の内側にも、多くの異なった思惑《おもわく》がある。ヨゴ皇国の内側にも、もちろん、ある。……そういうものを、見てみたくないか」

ヒュウゴは身じろぎもせずに、男を見つめつづけた。

なぜだろう。男の目には、哀しいものを見ているような光が浮かんでいた。

男はふいに、歩きはじめた。路地の端《はし》まで行き、ヒュウゴをふりかえった。

「……ここへ来てみろ」

眉をひそませたまま、ヒュウゴは男のそばに行った。

水の匂《にお》いのする風が、ふわっと顔をなでた。しっかりとした石積みで護岸されている運河の岸に、チャプチャプとさざ波が打ちよせている。

「あの倉庫の壁《かべ》に描《か》かれている紋章《もんしょう》が見えるか」

男が指さした先には、いくつもの、大きな倉庫が並んでいた。常夜灯のぼんやりとした明かりで、白い倉庫の壁に描かれている紋章も、かすかに見える。

「丸の中に鷲《わし》が羽をひろげている紋章は、ダグマン海商《かいしょう》の印《しるし》だ。……ダグマンの本拠《ほんきょ》地《ち》はどこか知っているか」

ヒュウゴがだまっていると、男は続けた。

「ヨゴの隣《となり》のオルム枝国の商人が一代で興《おこ》したのが、ダグマンだ。七つの枝国の産物をあつかい、いまやタルシュ帝国のなかでも有数の大商人だよ」

（オルム……）

かつてはヨゴの属国《ぞっこく》だった国だ。早くにタルシュに敗れて枝国になった、その国の商人が、いまは、それほどの大商人になっているというのか。

男は、淡々《たんたん》とした口調で言った。

「ダグマンが入ってくれば、他の枝国との交易路をととのえることができる。いまはまだ、きみらも変化を感じてはいないだろうが、あと数年もすれば、このあたりの海運業はめざましい繁栄《はんえい》を見せはじめるだろう。

すでに、目先のきくヨゴの商人たちが、ダグマンとの取引きで潤《うるお》いはじめている。そうして入ってくる金は、やがては、ヨゴ全体にまわっていくだろう」

しずかな男の声を聞きながら、ヒュウゴは、その言葉が意味することを考えていた。

「ほんの二年前まで、この運河の幅《はば》はいまの半分だった。——それはおぼえているだろう？」

ヒュウゴはうなずいた。

そうだった。大きな工事がはじまる前、ここは、リュアンの家の裏手を流れる、あの小さな運河より、やや大きいくらいの運河だったのだ。岸も土手だった。

「川幅をひろげ、護岸をしたことで、大きな商船が、海から直接入ってきて、ここに着けるようになった。ヨゴの都は港から遠い。ここが整備される前は、いちいち港で荷を馬車に積みかえて運ばねばならなかった。——ヨゴ皇国時代、ダグマンはその余計な経費をきらって、ヨゴとの取引きはしていなかったんだ。それは、知っていたか」

ヒュウゴは首を振った。そんなことは、まるで知らなかった。

男は、じっとヒュウゴを見つめた。

「では、この運河を整備したのはだれか、知っているか」

だまって見つめかえしているヒュウゴに、男はしずかに言った。

「ラウル王子だよ。この国を獲《と》った、タルシュの第二王子だ」

男は運河に目をやり、言葉を継《つ》いだ。

「ラウル王子はな、奇妙《きみよう》な男だよ。雷《かみなり》を腹に抱《だ》いているように短気で癇性《かんしよう》な男だという噂だが、異国を征服すると、嬉々《きき》として、その国が豊かになるよう手を入れはじめる。水道橋《すいどうきよう》、地方を結ぶ街道《かいどう》、農地を潤すための灌漑《かんがい》……」

ヒュウゴに視線をもどし、男は言った。

「ハザール王子は、異国を征服すると、その国の上層部に素早《すばや》くコムス〈臣民権《しんみんけん》〉をあたえて、上層部の人心を掌握《しょうあく》することにつとめる。それもまあよい方法だろう。上層部をうまく支配できれば、なめらかな支配につながるからな。だが、コムス〈臣民権〉を得れば、重税からは免《まぬか》れるから、豊かな上層部の者たちからの税収はない」

男はほほえんだ。

「ラウルは、兄とはちがう方法をとる。上層部であろうとも、やすやすとはコムス〈臣民権〉をあたえない。そうやって、豊かな上層部から吸いあげた税収を、戦費だけでなく、枝国の整備に使う。

征服した直後は、立ちあがってこられぬように徹底《てってい》的に絞《しぼ》るが、その一方で、すみやかに、枝国が豊かになるように、土台から改良しはじめるわけだ。

そうしておけば、やがて民が征服者に慣れた頃《ころ》、暮らしは次第《しだい》に豊かになり、税収がふえる。その税収が、やがて、枝国もふくめた帝国全体を潤していく。

伝え聞くところによれば、ラウル王子の口癖《くちぐせ》は、〈枝国は、タルシュの国土。その実りは帝国の実り〉……なんだそうだ」

ヒュウゴは運河に目をやった。

身のうちに、ざわめきのようなものを感じていた。

これまで、そんなことはまったく知らなかった。

ラウルという男——ヨゴを滅ぼし、父や母、妹を殺した男——は、どこかにある彫《ちょう》像《ぞう》のように、遠く、体温のないもののように思っていた。

男は、しずかに言った。

「他国を支配することに長いあいだ情熱のかぎりをつくしてきた国だからな。支配の方法にも、熟達しているよ。おれも、いまだにおどろくことがある。タルシュ人というのは、おおざっぱに見えて、じつに細やかに気を配る」

ヒュウゴは目を細め、敵の手によって育てられている自国の地を、じっとながめていた。

「……こういう枝国経営を見ていると、おれも、ラウル王子の側《がわ》に鞍替《くらが》えしたくなってくる」

ヒュウゴは眉根をよせて、男を見た。

その視線の意味を正確に読みとって、男は唇《くちびる》をゆがめた。

「タルシュにも、いろいろあると言っただろう？　おれはタルシュ兵だが、ラウル王子の側にはいない。おれの国を獲ったのは、ラウルの兄のハザール王子だったからな」

顎《あご》をなでながら、男は笑った。

「彼の宰相《さいしょう》は枝国出身者だから、居心地《いごこち》は悪くない。……だが、仕事をしている意味がないようなら、おれはすぐに、反対側の岸に跳《と》びうつる」

目を細め、笑いながら、男はヒュウゴを見つめた。――その目の底には、怖《こわ》いような光があった。

「〈帝の盾〉の息子殿《どの》にはとうてい許せぬ、やわな忠誠心だろう。え？　卑劣《ひれつ》な風見鶏《かざみどり》に見えるか？

いいや、おれは石よりも硬《かた》い忠誠心を持っているよ。仕えている相手への忠誠心じゃないがな」

男はもう、笑っていなかった。

「おれは、自分に忠誠を誓《ちか》っている。――それは決してゆらがぬ。殺されてもな」

低い声で、男は言った。

「頭の切れも、度胸も、人並みはずれたものを持っているのに、ずっと、くだらん暮らしを続けるつもりか。このままでは、きみは、なにをしても虚《むな》しいままだろうよ。過去にしがみついていたら見えない景色を、見てみたくないか」

男から目をそらして、ヒュウゴはつかのま、白い朝の光が切りとっている路地の、うすぎたない地面を見つめた。

それから、男に目をもどした。

「おれに、タルシュ軍に入れと言っているのか」

男はうなずいた。

「そうだ。タルシュ軍といっても、おれの部下はすべて、枝国出身の武人たちだ。きみと同じ境遇《きょうぐう》の男ばかりだよ」

ヒュウゴは男を見すえて、言った。

「おれは、タルシュに尻尾《しっぽ》を振ったりしない」

男は、まばたきした。その目に、ゆっくりと、ほほえみが浮かんだ。

「そうか。……おれは、あと十日ほどは東門の宿舎にいる。まあ、気が変わったら、たずねてきてくれ。命の保証はできないが、ここにいたら決して見ることのできない世界を見せてやるよ。

おれの名は、オウル＝ザン。トーラム語で、〈砂漠《さばく》のネズミ〉という意味だ」

それだけ言うと、男は、身をひるがえして、大通りのほうへ去っていった。

4 陽炎《かげろう》の街

うつむいて、物思いに沈《しず》みながらトムラン料亭《りょうてい》の宿舎にもどってきたヒュウゴは、戸口のところで、うろうろしている少年に気がついた。昨夜、〈ウーマ（紫色《むらさきいろ》の花）の間《ま》〉の給仕を代わってもらった、新入りの少年だった。

ヒュウゴを見るや、少年は、さっと顔をこわばらせた。

「どうした？　なにかあったのか」

少年は指を立て、ヒュウゴを生《い》け垣《がき》の陰《かげ》へ導いた。

「……お役人が、店に来てるんす」

「役人が？　なんで」

「なんか、昨夜のことで聞きたいことがあるって」

ヒュウゴは眉《まゆ》をひそめた。

「来てるのは、ほんとに役人か？　ヨゴの？　タルシュの警邏《けいら》隊《たい》じゃなくて？」

少年はうなずいた。

「ほんとっす。ヨゴのお役人っす」

「もう尋問《じんもん》をはじめてるのか？」

「いや、いま来たばかりっす。ヒュウゴさんや、トランさんを探してこいって言われて……」

ヒュウゴはきつい目で、少年を見つめた。

「トランたちは、連れてくるな」

それだけ言って、ヒュウゴは少年を押《お》しのけるようにして店に向かった。

足早に廊下《ろうか》を奥《おく》へと向かうと、昨夜、オウル＝ザンがいた〈ウーマの間〉に、数人の男たちがいるのが見えた。

ひとりは店主で、あとのふたりは、たしかにヨゴ人の役人だった。タルシュに滅《ほろ》ぼされるまで、下街の警邏を担当していた〈公安士〉の制服をまとっている。この春ぐらいに、タルシュの警邏隊を手伝って下街を管理させるために、公安士がまた組織されたとは聞いていたが、実際にその姿を見るのは、これがはじめてだった。

ヒュウゴが入っていくと、男たちがふりかえった。

「……ああ、ヒュウゴ、よかった、おまえを探していたのだ」

店主が手招きをした。いつもはゆったりとしているその顔に、いまは、気づかわしげな色が浮《う》かんでいる。

「公安士殿《どの》が、昨夜の騒《さわ》ぎについて、聞きたいことがあるのだそうだ」

ヒュウゴは、公安士の衣《ころも》をまとっている男たちに向きなおった。

ひとりはまだ若い男だったが、もうひとりは、四十がらみの、目つきの鋭《するど》い男だった。

年配の公安士は、目を細めて店主を見た。

「昨夜のことに関《かか》わったのは、こいつだけではなかろう。ほかの連中も、早く連れてこい」

その傲慢《ごうまん》な言い方を聞いたとたん、胸がむかついてきた。

ヒュウゴは、しずかな声で言った。

「ほかの連中を呼ぶ必要はありません」

それを聞くや、はじめて、そこにヒュウゴがいることに気づいたかのような顔で、公安士は、ヒュウゴを見た。

「どういう意味だ」

「ほかの連中は、おれの指示に従っただけです。なにをお知りになりたいのかわかりませんが、昨夜のことの全体像を把握《はあく》しているのは、おれだけです。聞きたいことがあるのでしたら、おれに聞いてください」

公安士は目を細めて、ヒュウゴを見つめた。

「公安士は、な」

ゆっくりした口調で、公安士は言った。

「被疑者が、なにかしろ、と言ったら、その逆をやるのだ。——ともかく、おまえは公安詰所《つめしょ》に連れていく。店主、昨夜のことに関わった者はすべて、公安詰所に連れてこい。よいな」

公安士が顎《あご》を動かすと、若いほうが縄《なわ》を出し、ヒュウゴを後ろ手にしばった。

「……公安士殿！」

おどろいて、店主が一歩前に出た。

「縄を打つ必要があるのですか？　昨夜のことは、たんに……」

公安士は、いきなり店主の胸を手で突《つ》いた。

「ひかえろ！　縄を打つ必要があるかは、わたしが決めることだ」

ヒュウゴは唇《くちびる》を結んだ。胸のむかつきは、いまや、はっきりとした怒《いか》りにかわっていた。

店主の顔にも、同様の怒りが浮かんでいた。

「……責めを負うべきは、おれだけです」

すれちがうとき、小さな声でささやくと、店主はうなずいた。

それを見て、ヒュウゴは、わずかに安堵《あんど》をおぼえた。

この店主はタルシュの高官にも知己《ちき》がある。下級役人にすぎぬ公安士に威張《いば》りちらされて、だまっているような人ではないから、仲間たちがまきこまれずにすむ方法を考えてくれるだろう。

公安詰所に連れていかれてから、一昼夜、ヒュウゴは責めぬかれた。

殴《なぐ》られ、鞭《むち》で打たれ、水をかけられ、なにがあったか残らずしゃべれと言われつづけた。

オウル＝ザンの正体を知っていることが知られれば、このくらいの責めではすむまいし、料理人のカルが毒を盛ろうとしていたのを見たと言ってしまったら、店に迷惑《めいわく》がかかる。タルシュ兵にとっても、それは知られてはならぬことだろうから、知っていることがバレれば、殺されるかもしれない。

だから、その二つだけは口にせず、ヒュウゴはただ、昨夜の客には前に助けてもらったことがあり、恩義のある客から、そっと外へ出たいとたのまれて手を貸しただけだ、と主張しつづけた。

店主が手をまわしてくれたのだろう、仲間たちは、同じような責めを受けることはなかったが、彼《かれ》らも尋問を受けて、なにがあったのか、知っていることをしゃべったらしい。

それはむしろ、ヒュウゴの言葉を裏づけることになった。彼らは、ヒュウゴが隠《かく》した、二つの点については、知らなかったからだ。

翌日の昼すこし前に、タルシュの警邏隊員がやってきた。

店に来て、カルに指示をしていた、あのタルシュ兵だった。

タルシュ兵は、むっつりとヨゴの公安士の報告を聞き、聞きおえると、ヒュウゴを自分のところへ連れてくるよう手で合図した。

引きすえられたヒュウゴを、タルシュ兵は、いきなり思いきり殴った。

きたない床《ゆか》に顔を打ちつけ、気を失う前に見た最後の光景は、そのタルシュ兵に向かって、深ぶかと頭をさげているヨゴの公安士たちの姿だった。

気絶からさめると、ヒュウゴは解放された。

いきすぎの責めに詫《わ》びの言葉もなく、血まみれの顔をふく手拭《てぬぐ》いすらあたえず、ただ詰所の外に蹴《け》りだされた。

道行く人びとに好奇《こうき》の目で見られながら、ヒュウゴは血だらけの顔のまま、ふらふらと歩いた。どこへ行くということも考えず、ただ、歩いた。

初夏らしい暖かな日で、日の光が街を明るく浮かびあがらせている。

その光の強さが、身の奥に、黒ぐろとした影《かげ》となって射《さ》しこんでいた。身体《からだ》の芯《しん》に、怒りがあった。硬《かた》く、硬く、しこった怒りだった。

(タルシュに命じられて)

自国の民《たみ》を、ボロ布のように殴り、それを、まったくおかしなこととも思っていない役人たちが、吐《は》き気《け》がするほど憎《にく》かった。

(おまえたちが守るべきは、おれたちじゃないのか)

尋問を命じたタルシュは、理由を告げもしなかっただろう。そんな命令に、へいへいと従うだけで、自分の同胞《どうほう》をどうすれば守れるか、考えもしないのか。

(なんと情けないんだ、ヨゴ人は)

涙《なみだ》で、街がゆがんだ。

キリキリと歯をくいしばり、涙を流しながら、ヒュウゴは道を歩いていった。

うららかな風が、その中をのんびりと歩いていく人が、客寄せの声をあげている露《ろ》店《てん》の商人たちが、すべてが、憎かった。

滅んだのなら、いっそすっきりと、すべてなくなってしまえばよかったのだ。

この国のすべての人が同じように泣き、わめきながら、死んでしまえばよかったのだ。

滅びというのは、そういうものではないのか？

異国に征服《せいふく》されたというのに、なぜ、なにごともなかったように、みな、暮らしているのだ。

あの頃《ころ》のすべては、なんだったのだ……。

ひどく痛む頭の中で、ぐるぐるとまわる思いにとらわれながら、ヒュウゴはよろめき、歩きつづけた。

店に帰る気にはなれなかった。いまはだれとも会いたくなかった。

（この街は陽炎だ）

自分は、陽炎の中に、ただひとつ冷えびえと落ちている影だった。

吐き気とめまいで、どうしようもなくなって、ついに、ヒュウゴはしゃがみこんだ。よりかかった路地の塀《へい》の冷たさが、心地《ここち》よかった。顔をのぞきこんでいく者もあったが、だれも声をかけはしなかった。ならず者がケンカに負けてうずくまっているのだとでも思っているのだろう。

ようやくめまいがおさまり、そろそろと目をあけると、思いがけず、見おぼえのある板塀が、目にとびこんできた。

(ここは……)

あてどなく歩いていたつもりが、マール酒場にほど近い菓子《かし》屋の裏手の路地に迷いこんでいたらしい。

板塀の途切《とぎ》れたところに井戸《いど》が見えた。井戸ばたで、年配の女が菜を洗っている。ぼんやりと見るうちに、その女の横顔をどこかで見たことがあるような気がしてきた。

もうろうとした頭でだれだったか考え、やがて、はっと、思いあたった。――マール酒場の料理人の、シガンの女房《にょうぼう》だ。

(そういえば……)

シガンは持病が悪化して、マール酒場を辞《や》めたらしいという噂《うわさ》を、去年の秋頃に聞いた気がする。

シガンの女房は、菜を笊《ざる》にのせて、ざっざっと水を切ると、立ちあがって、板塀の向こう側に消えた。

ヒュウゴは塀で背をこするようにして、よろよろと立ちあがると、板塀のところへ行き、中をのぞきこんだ。

四軒の棟割《むねわり》長屋が並び、こちらが裏庭で、共同の井戸と厠《かわや》がある。だれかが煮売《にう》りでもしているのか、樽《たる》やら木箱やらがたくさん置いてあった。

もう夕餉《ゆうげ》のための水仕事はすんだのだろう。井戸ばたに人の姿はなかった。

ヒュウゴは井戸に近づくと、釣瓶《つるべ》をたぐって水を汲《く》み、そっと顔を洗った。ひどく沁《し》みたが、腫《は》れてほてり、血でごわごわしている顔を洗うと、ほんのすこし気分がよくなった。

声が聞こえたような気がして、ヒュウゴは顔をあげ、ふりかえった。

棟割長屋の一軒《けん》の縁側《えんがわ》に男が立って、こちらを見ていた。

それが、だれであるかに気づいて、ヒュウゴは立ちあがった。

「シガンさん」

たしかに、あの料理人のシガンだったが、見る影もなく痩《や》せている。

手招きされて、ヒュウゴは縁側に近づいていった。

ヒュウゴの顔をしげしげと見て、シガンは、かすれた声で言った。

「……ケンカか」

ヒュウゴは、唇に苦笑《くしょう》を浮かべようとしたが、顔がこわばって、うまく唇を曲げることさえできなかった。

シガンはおどろくほど面《おも》やつれし、肌《はだ》が黄色く見えた。病《や》んでいることが、はっきりとわかる顔だった。

そろそろと縁側に腰《こし》をおろすと、シガンは、ヒュウゴにも座るよう手で示した。

うす暗い家の奥のほうから、煮炊《にた》き物をしている物音が聞こえてくる。

「……お加減、どうなんすか」

たずねると、シガンはうすく笑った。

「加減なんて、してくれねぇな、病ってやつはよ。……ま、大酒くらってきたからな」

そう言ったっきり、シガンは口をとじ、ふたりはしばらくだまったまま、暮れていく裏庭の井戸のあたりをながめていた。

ふいに、ひどい睡魔《すいま》が襲《おそ》ってきて、ヒュウゴは縁側に片手をつき、シガンを見あげた。

「すんません。ここでちょっと、横にならせてもらって、いいっすか」

シガンはうなずいた。

「こんなところでよけりゃ、いくらでも寝《ね》てろ」

「…………」

自分では礼を言ったつもりだったが、舌がもつれて、まともな言葉にならなかった。

ヒュウゴは倒《たお》れるように、なめらかな縁側に横になるや、そのまま深い眠《ねむ》りに落ちていった。

激しい動悸《どうき》がして、ヒュウゴは胸《むね》をおさえて目をあけた。つかのま、自分がどこにいるのかわからなかった。身体じゅうが腫れあがってこわばり、動かすことすらままならない。

身体の上には、うすい上掛《うわが》けがかかっていた。

朝なのか、昼なのか、日の光が板の間をあわく浮かびあがらせている。

（……そうか）

ようやく自分がいる場所がわかってきた。シガンの家の縁側だ。昨日《きのう》の夕方、横にならせてもらったっきり、そこで寝こんでしまったのだ。

どこかで、だれかがしゃべっている声が聞こえている。シガンの女房が、だれかとやりとりをしている声だった。

「……はい、はい、まあ、そりゃ、ありがたいことですねぇ、はい。折詰めを十四ですね？　はい、うけたまわりました。いえいえ、大丈夫《だいじょうぶ》ですよ。ちゃんと、明後日《あさって》には間にあわせますんで、ええ……」

折詰めの弁当の注文を受けているらしい。

男がなにか言っている声も聞こえたが、ぼそぼそした声で、なんと言っているのか、聞きとれなかった。シガンの女房の声だけが、よく聞こえる。

「……まあ！　カムランさまのお屋敷《やしき》にお勤めを。まあ！　それは名誉《めいよ》なお仕事をなさってるんですねぇ」

どきっとして、ヒュウゴは眉をひそめた。

（カムラン？）

中流武人のなかに、たしか、そういう名の一族がいたはずだ。

動悸がはやくなってきた。

（屋敷、と言ったな）

中流階級の武人たちは、いまも屋敷に住んでいるのか？

貴族の多くが、かつての屋敷に暮らしているということは、ぼんやりと耳に入っていたが、武人たちがどうなったのか、これまで聞いたことがなかった。

〈帝《みかど》の盾《たて》〉のように皆殺しにされてはいなくても、ふたたび刃向《はむ》かうことがないよう、それまでの暮らしからは完全に追われたのだと思いこんでいた。ヨゴの武人たちが、タルシュの徴兵《ちょうへい》に応じているという話はもちろん知っていたが、そういう者たちは、食いつめたから、そうしているのだろうと思いこんでいた。

だが、カムラン家の者たちが、いまも、かつてと同じように、屋敷を構えているのだとしたら……。

喉《のど》のあたりから、苦いものがひろがってきた。

板の間に射しこんでいる白い光を、しばらく、ヒュウゴは見つめていた。

それから目を閉じ、ふたたび、切れぎれの眠りに落ちていった。

ヒュウゴはそのまま、二晩目も、シガンの家で寝かせてもらった。

薬湯《やくとう》と重湯を飲ませてもらったせいか、翌日になると身体がすこし楽になり、血尿《けつにょう》も出なくなった。

世話になっているあいだに、シガンは隣《となり》の家も借りて、そこを厨房《ちゅうぼう》にし、女房とともに仕出屋をやっているのだということを知った。小女《こおんな》もひとり雇《やと》って、下ごしらえや雑多な仕事は、その娘《むすめ》がやっているのだそうだ。

「おれは味つけをするだけで、あとは、料理も注文受けもなにもかも、女房がやってる。できた女房で、頭があがんねぇよ、おれは」

シガンはそう言って、苦そうに薬湯をすすった。昼前にはひと仕事終わるらしく、煮炊き物の匂《にお》いがしみこんだ衣をまとったまま、あぐらをかいて、のんびりと裏庭をながめている。

「おれんとこは、息子《むすこ》はいねぇし、おれもこんな身体だしで、枝国税《しこくぜい》もろかぶりだからよ。無理しても商《あきな》いをひろげねぇと、食っていけねぇ」

小女が掃除《そうじ》をしているのだろう。玄関《げんかん》あたりを掃《は》く音が、ずっと聞こえていた。

「すっかり、お世話になっちまいました」

ヒュウゴが頭をさげると、シガンは肩《かた》をすくめた。

空にはどんよりと雲がかかっていたが、天には風があるらしく、風に押されて雲が切れ、ときおり、思いがけぬほど明るく日が射した。

「……もったいねぇな」

庭を見たまま、シガンが、ぽつんと言った。

眉根をよせたまま応《こた》えずにいると、シガンは顔をまわしてヒュウゴを見た。

「おまえなら、なんにでもなれるだろうによ」

まだ薬湯がすこし入っている湯のみを、コトンと縁側に置いて、シガンはため息をついた。

「おまえは、ひとつの事の向こうに、三つも、四つものことを見られるやつだ。そういうやつはなにをやっても、人より抜《ぬ》きんでたところに行けるもんだぜ。……商いをやってみようとは、思わねぇのか?」

ヒュウゴはだまっていた。

商いを学び、商売で成功しようなどとは、いちども考えたことがなかった。下街の暮らしを足場にして、そこから伸《の》びてみようという気持ちは、まったくない。

顔を手でぬぐうと、ヒュウゴは借りていた上掛けをきれいにたたみ、縁側から裏庭におり立った。

「お世話になりました。……あらためて、お礼にまいります」

頭をさげると、ヒュウゴはそれきり、シガンの顔を見ずに背を向けた。

七つ、八つのチビたちが路地に群れ、わめき声をあげながら、石蹴りをしている。その脇《わき》を通りすぎているのに、その声が遠く聞こえた。

自分がなぜ、商いで身をたてることを考えないのか、そのわけはわかっていた。

いまもなお、自分は〈ここ〉には、いないのだ。

もう何年も下街に暮らし、ここでしか暮らせないのだとわかっているのに、まだ、ここが本来いるべき場所だとは思えないのだ。

いるべき場所からこぼれ落ちてしまったという思いが、どうしても消えていかない。

たぶん、自分がこんなところにいる理由が、納得《なっとく》できていないからなのだろう。

国が滅ぶということは、天変地異のようなすさまじいことだと思っていた。

だが、実際には、炎《ほのお》の地獄《じごく》で死んだのは自分の家族や仲間たち、それに戦《いくさ》にかりだされていた兵士たちだけで、この街は、いつのまにか以前と変わらぬにぎわいをとりもどしている。公安士など、なにごともなかったかのような横柄《おうへい》な顔で、ふたたび街を睥睨《へいげい》している。

なぜなのだ。──なにか、変ではないか？　なにかまちがっていないか？　そう思えてならないのだ。

ヨゴのすべての人びとが自分と同じような炎の地獄を味わい、そこから、助けあいながら身を起こして、いまのこの平穏《へいおん》がもどってきたのなら、こんな気持ちにはならなかっただろう。

だが、実際には、征服されたことの苦しみは、公平にはおとずれていない。その歪《ゆが》みが、その不平等さが、どうしても腑《ふ》に落ちないのだ。だから、まわりのすべてが、いつまでたっても、どこか見知らぬ陽炎の街にしか、思えないのだ……。

——……カムランさまのお屋敷に。

シガンの女房の、その言葉が、ふいに胸に浮かび、ヒュウゴは足を止めた。

都を縦につらぬく大路《おおじ》は、ここからさほど遠くない。

行ってみようか、と、思ったとたん、おびえのようなものが胸に走った。

中流武人階級の屋敷街の先には、生まれ育った上流武人の屋敷街がある……。

ヒュウゴはひとつ息を吸い、裂《さ》けた唇をぐっと結ぶと、かつて屋敷街があったほうへと歩きはじめた。

5 白い夢

ガラガラと騒《さわ》がしい音をたてて、荷馬車が行きかう街を抜《ぬ》けると、青《あお》ノ大路《おおじ》はゆるやかな登り坂になる。

やがて、青《あお》ノ門《もん》と呼ばれる武骨な門があらわれ、それを抜けると商家は消えて、生《い》け垣《がき》に囲まれた屋敷《やしき》が点在する屋敷街へと変わった。

御用聞《ごようき》きらしい男らや、荷馬車もときおり通るが、みな黙々《もくもく》と進んでいくので、ここまで来ると、鳥のさえずりが耳にとどくようなしずけさがただよっている。

門を抜けると、ヒュウゴはしばし立ちどまり、生け垣にふちどられた路《みち》をながめた。

森閑《しんかん》とした屋敷のたたずまいも、緑陰《りょくいん》を渡《わた》ってくる風の匂《にお》いも、むかしと変わっていない。

ヒュウゴはぼうぜんと、目の前にひろがる屋敷街を見つめていた。

奇妙《きみょう》な夢の中にいるようだった。

このまままっすぐ歩き、緑《みどり》ノ門《もん》を抜ければ、生家がある。長い悪夢をみていただけで、そこへ行けば、いまも父や母が、ナァンが、普通《ふつう》に暮らしているのではないか……。

喉《のど》の奥《おく》がふるえるのを感じながら、糸に曳《ひ》かれるように、ヒュウゴは歩きはじめた。

生け垣が途切《とぎ》れ、屋敷門があらわれるたびに表札に目をやった。知っている姓《せい》もあれば、知らぬ姓もあった。目に慣れぬ、異国の文字さえある。

頭の芯《しん》に冷たいしびれを感じながら、ヒュウゴはやがて、簡素だが美しい色彩《しきさい》をほどこした緑ノ門を抜けた。

雲が行き、日が射《さ》した。大きな屋敷が点在する上流武人の屋敷街が、白い光につつまれて目の前にあった。

息をするのも忘れ、ヒュウゴは、かつて自分の屋敷があったところへ駆《か》けていった。

高生《たかい》け垣《がき》の角を曲がると、正面に、見慣れた門があった。

喉で泣きながら、ヒュウゴはその門へ近づいていった。

生け垣も、門も、すべてむかしのままだった。

だが、その門にかかげられている表札は、ヒュウゴの姓――アラユタンではなく、オクノル＝オタとなっていた。

（オクノル＝オタ……？）

知らない姓だった。あきらかに上流武人の姓ではないし、姓の後ろに〈オタ（分家を意味する方言）〉とつけているところをみると、地方の街に根がある一族なのだろう。

オクノル、というその音の響《ひび》きには、どことなく、南部地方の匂いがした。

ゆがんだ夢をみているようだった。こわばった顔で、その表札を見つめていると、門小屋の戸が開《ひら》いて、中から門衛が出てきた。

「小僧《こぞう》、そこでなにをしている！」

厳しい声で誰何《すいか》され、ヒュウゴは思わず門衛を見つめた。

自分は、アラユタン家の嫡子《ちゃくし》だ――この屋敷は、アラユタン家のものだったはずだ、という言葉が口をついて出そうになったが、あやういところで、それをのみこんだ。

わずかに頭をさげ、ヒュウゴは無言で踵《きびす》をかえした。

青ノ大路に出たとき、ヒュウゴは、あえぐように小さく息をした。堰《せき》を切ったように喉もとへ熱いものがこみあげてきて、路が見えない。

あとから、あとから涙《なみだ》があふれ、頬《ほお》を伝ったが、それをぬぐいもせず、ヒュウゴは、いくつもの生け垣の角を曲がり、近隣《きんりん》の屋敷の門を見てまわった。

屋敷はみな、かつてのままに残されていたが、〈帝《みかど》の盾《たて》〉を代々おおせつかってきた名家の姓は、どの屋敷の門にもかかってはいなかった。代わりに、まったく知らぬ姓がかかっている。南部地方の姓ではないか、と思われるものが多かった。

門衛たちに追われぬよう足早に屋敷街を去りながら、ヒュウゴは歯をくいしばっていた。

（おれは、馬鹿《ばか》だ）

あの夜――炎《ほのお》の地獄《じごく》で母と妹と仲間たちを失ったあの夜――自分の帰る場所はすべて消えさったのだと思いこんで、これまで生きてきてしまった。

上流武人たちが皆殺しにされたあと、四年という歳月《さいげつ》の中で、中流武人たちのあいだでどんな変化が起こったのか、考えてみたことさえなかった。

自分が下街の喧騒《けんそう》の中に埋《う》まりこみ、虚《うつ》ろな思いにとらわれて、ケンカに明け暮れていたあいだに、征服《せいふく》されたはずのこの国の中で、異国の者たちとまじわって上流に昇《のぼ》り、広大な屋敷に移り住めるよう画策し、実際に手に入れた人びとがいたのだ。そういう輩《やから》に、自分は、代々守りつたえてきた屋敷を、うまうまと取られたのだ……。

歯をくいしばって、ヒュウゴは拳《こぶし》で涙をぬぐった。

目をあけると、青ノ門の向こうに、小さく屋根をつらねた下街の風景が見えた。

（あそこからでは、ここは見えなかった）

下街の暮らしの中では、商人たちの噂《うわさ》は聞こえてきても、武人階級の中で起きていることなど、まったく伝わってこなかった。

立つ位置がちがえば、風景もちがう。

中流の武人や、地方の武人たちは、あのあとどんな風景を見ていたのだろう。どうやって、緑ノ門を越《こ》えて、上流へと昇っていったのだろう。

タルシュにとりいったのだろうが、いったい、どうやって……？

帝や皇族方《おうぞくがた》が生きておられるなら、なぜ、こんなことをおゆるしになっているのだろう？

そう思ったとき、耳の底に、あの男の声がよみがえってきた。

——考えてみたことがあるか？　このヨゴ皇国《おうこく》を滅《ほろ》ぼしたのは、ほんとうに、タルシュ軍なのか、と。

——なぜ、ヨゴ帝《てい》は処刑《しょけい》されずに、タルシュ帝国の帝都に移送されたのか。

皇子《おうじ》たちは、いま、どこでなにをしているのか。

星を読み、国の未来を予言できたはずの星読博士《ほしよみ》たちは、なにをしていたのか。

いま、なにをしているのか。

民《たみ》がもっとも、その導きを欲《ほっ》しているとき、彼《かれ》らは、どこで、なにをしているのか。

なにか、ひどく嫌《いや》なものが胸の底にゆらめいた。

（処刑されていないのであれば、宮の方がたは、この四年、なにをしておられたのだろう）

中流の武人たちがタルシュにとりいって、身分の境を飛びこえていることを、宮の方がたはごぞんじないのか。ごぞんじでも、なにもおできにならぬ状態なのか。あるいは……。

いくつもの疑問が頭を駆《か》けめぐり、苦しいほどだった。

はるか丘《おか》の上、こんもりとした緑に囲まれた宮のあたりは、ここからでは見えない。あそこには、いま、どなたかおられるのだろうか？

ヒュウゴは唇《くちびる》をかみしめた。

（おのが国の宮に、いま、どなたがおられるのかさえ、おれは知らないのだ）

宮のある方角から目をそらし、ヒュウゴは、ゆっくりと近づいてくる下街を見つめながら坂を下った。

（あそこにもどれば……）

また、風景は変わる。知りたいことを知る道は、また閉《と》ざされてしまうだろう。

そう思ったとき、耳の底に、声が聞こえた。

——おれは、あと十日ほどは東門《とうもん》の宿舎にいる。まあ、気が変わったら、たずねてきてくれ。命の保証はできないが、ここにいたら決して見ることのできない世界を見せてやるよ。

ヒュウゴは唇をかみしめた。

あの男が言うとおり、その道を行けば、きっと、これまでとは比べものにならぬ広い風景を見ることができるだろう。——だが、その道を行くということは、タルシュに忠誠を誓《ちか》うということだ。

タルシュ兵に頭をたれている自分の姿を思いうかべたとたん、吐《は》き気《け》がした。胃《い》ノ腑《ふ》から胸、眉間《みけん》にまで火が走るような、激しい嫌悪感《けんおかん》だった。

白い鎧《よろい》をまとって立っていた父の姿は、心の深いところに、いまも在る。死を目前にしながらも、父は、帝への忠誠にわずかの揺《ゆ》らぎもおぼえていなかった。

胸苦《むなぐる》しさをおぼえて、ヒュウゴは浅く息を吸った。

(おれも……)

ヒュウゴはぎゅっと目をつぶった。

(父上のように生きたかった)

一点のくもりもない清廉《せいれん》な武人でありたかった。おのれの欲のためでなく、天《てん》ノ神《かみ》の光を守り、民を助ける者でありたかった。ヨゴを幸せにする者でありたかったのだ……。

幼い頃《ころ》から育《はぐく》んできた夢、自分の手から奪《うば》われてしまったその夢への思いが、おさえようもなく噴《ふ》きだしてきて、胸が苦しかった。

後ろから荷車が迫《せま》ってくる音が聞こえ、ヒュウゴは目をあけ、脇《わき》に寄った。

荷車がたてていった土ぼこりがおさまるのを待って、ヒュウゴはゆっくりと坂を下りはじめた。

下街におりると、むっとするなまあたたかい風とともに熱気につつまれた。

料理屋街の裏手の路地に、女たちが群れている。泣いてすがっている子どもらを、うるさそうにたたいたり押《お》しのけたりしながら、料理屋が裏口に出している残飯桶《ざんぱんおけ》をあさっていた。道行く人に見られても、顔を隠《かく》そうともせず、まだ食べられるものをえり分けている。

夫を草兵《そうへい》にとられた女たちなのだろう。敗戦からこれほど時が経《た》っても、夫たちはもどってこず、働き口もなく、こうして路地裏で生きるしかない人びとが、下街にはあふれている。

饐《す》えたにおいが鼻をうった。飢《う》えて、ひゅうひゅうと息を吸うような泣き声しか出せない、幼い子らから目をそらし、ヒュウゴは足をはやめた。

あの戦乱で地獄に落とされたのは、自分だけではない。

目にうつる街の姿は一見変わらぬようでも、徴兵《ちょうへい》と枝国税《しこくぜい》の重圧はヨゴの民にのしかかり、この先どうなっていくのか、わからぬままだ。あの子らは、あの母親たちは、これから先も、ただ、ああして飢え、残飯をあさりつづけるしかないのだ。

激しい怒《いか》りが胸に動いた。

ヒュウゴは足を止め、いま来た道をふりかえった。涼《すず》やかな緑の高台に、武人屋敷のつややかな黒い甍《いらか》が見えた。

(きさまらは、なにをしている)

枝国の中で出世競争に汲々《きゅうきゅう》としている暇《ひま》があったら、なぜ民を救うために働かないのだ。

ヨゴ人以外のだれが、ヨゴのことを心から思うだろう? おのれを捨てても、苦しむ者を助けることこそ、武人のつとめではないのか。

下街と武人街を区切る高い塀《へい》と、そそりたつ門。その門に切りとられ、小さく見える緑の生け垣。

その風景が、ふいに、くっきりとあざやかに浮《う》かびあがった。

雲が切れたのだ。

(……おれは)

青空があらわれ、透明《とうめい》な光が顔に降りそそいできた。

(おれは、なにをしている)

蒸《む》し暑い喧騒の中でヒュウゴは緑の生け垣を見あげ、長いこと、ただ立ちつくしていた。

6　夕暮れ

酒場では、下働きたちは店の屋根裏で寝起《ねお》きしているが、高級料亭《りょうてい》のトムランには働き手たちのための別棟《べつむね》の宿舎があった。

そろそろ日がかたむきかける頃《ころ》、ヒュウゴは足をひきずりながら店の裏木戸をくぐり、宿舎の裏口のうす暗い上がりがまちに腰《こし》をおろした。

宿舎はがらんとしていて、上がりがまちにすわっていると湿気《しっけ》くさい匂《にお》いが鼻についた。

長靴《ちょうか》を脱《ぬ》ごうと背をかがめたとたん、鞭《むち》で打たれた傷がひきつって激痛が走った。うめいて歯をくいしばったとき、廊下《ろうか》の奥《おく》で戸が開《あ》く音がした。だれかいるのかとふりかえって、ヒュウゴはわが目をうたがった。

かぼそい影《かげ》がうす暗い廊下に立って、こちらをすかし見ている。

「……姉ちゃん？」

タラムーがくねくねと泳いできて、するりと首に巻きついた。

リュアンは足早に近づいてくると、土間におりて、長靴を脱がしてくれた。

「なんで……」

長靴をそろえて置くと、リュアンはちょっと手を前掛《まえか》けでぬぐってから、ヒュウゴの膝《ひざ》に手をあてた。

――トムランから、人が来たのよ。あんたが帰ってこないって心配して。

「……ああ」

トムランに勤めることになったとき、なにかのおりに連絡《れんらく》してもらう近親者としてヨアルの名をあげておいたことを、ヒュウゴは思いだした。

トムランの主人は心のある人だ。詰所《つめしょ》から蹴《け》りだされたあと、なかなかもどらないヒュウゴを、心配してくれていたのだろう。

「そうか。みんなに、迷惑《めいわく》をかけちまったな」

ヒュウゴを見あげているリュアンの顔が、つっとゆがんだ。

――……ひどいことをされたね。

その目に涙《なみだ》がにじんでいるのを見て、ヒュウゴは顔をしかめて目をそらした。

「こんなもん、たいしたことじゃねぇよ」

腰をあげて廊下に上がると、リュアンも上がってきた。よろよろ歩いているヒュウゴには触《ふ》れずに、先に立っていき、部屋の戸を開けてくれた。

部屋に入ったとたん、すうっと風が頰《ほお》をなでた。

リュアンはすこし前からこの部屋で待っていたのだろう。窓を開けはなって風を入れ、寝具《しんぐ》を延べてくれていた。西日のあたっている寝具の脇《わき》には、店のだれかから借りたのか、水を入れた手桶《ておけ》や手拭《てぬぐ》い、傷に塗《ぬ》る軟膏《なんこう》まで置いてある。

——怪我《けが》をしているんでしょう？　お仲間が心配してたわよ。ひどい尋問《じんもん》を受けたって……。

ヒュウゴはだまっていた。

リュアンに背の傷を見せるのは嫌《いや》だった。だが、このまま追いかえしたら、リュアンはずっと心配しつづけるだろう。

ため息をついて、ヒュウゴは言った。

「あのよ、たのむから心配しすぎないでくれよな。殴《なぐ》られたり蹴られたりすんのは慣れっこなんだからよ。おれにとっちゃ、見た目ほどにはきついことじゃねぇんだから」

リュアンがうなずくのを見て、ヒュウゴはしぶしぶ上衣《うわぎ》を脱いだ。

背を見たとたん、リュアンは息をのんだ。

「もう、かさぶたができはじめてんだろ？」

リュアンは首を振った。

――できてないわよ、まだ。

ちょっとのあいだ、リュアンは傷を見つめていたが、やがて、言った。

――洗ったほうがいいわ。沁《し》みるだろうけど。それから軟膏を塗って、布でおさえなきゃね。

窓から斜《なな》めに射《さ》しこんでいる西日が、寝具にやわらかく光を落としている。

寝具の上にあぐらをかいて、ヒュウゴは、おとなしくリュアンの手当てを受けた。ほてっている背中に、ひんやりとした手拭いが触れると、はじめはびりびりと痛かった。けれど、汗《あせ》をぬぐってもらううちに、身体《からだ》が楽になってきた。

リュアンはヒュウゴの背後に膝立ちになり、手早く身体をぬぐってくれた。

ひんやりとした手拭いがうなじをぬぐい、腕《うで》と腋《わき》をぬぐい、脇腹をぬぐわれたとき、下腹《したばら》にくすぐったいような感覚が走って、ヒュウゴは思わず歯をくいしばった。

傷に軟膏を塗り、布でおさえて上から晒《さら》しを巻きおわったときには、窓辺の光は、夕暮れの色に変わっていた。

寝具にうつぶせに横たわると、長いため息がもれた。

――おなかはすいてない？　書付けを書いてくれれば、厨房《ちゅうぼう》のどなたかにたのんで、お粥《かゆ》かなにかもらってくるわよ。

「うん」

枕《まくら》に顎《あご》をつけたまま、ヒュウゴは生返事をした。

たしかに腹はへっていたけれど、もうすこしこのまま、こうしていたいような気がした。

裏庭の生《い》け垣《がき》をゆらして、小鳥たちが跳《は》ねている音が聞こえる。チュン、チュン鳴きかわしているその声を聞きながら、ヒュウゴはぽつっと言った。

「……今日な、家を見てきた」

この二日、ぼんやりと街をさまよっていたこと。シガンさんのこと。武人街のこと。心の中から糸を吐《は》きだすように、ヒュウゴはしゃべりつづけた。

リュアンはうなずくでもなく、ただかたわらに座り、だまって聞いていた。

しゃべるだけで、心に溜《た》まった重くるしい何かが、すこしずつ薄《うす》れていくような気がした。

胸に溜まっているものは、言葉にできれば、遠くなるのかもしれない。自分の声を聞いていると、どの記憶《きおく》も思いも泥《どろ》のような生々しさが薄れ、すこし呑《の》みこみやすい何かに変わっていくような気がした。

口を閉じたときには、部屋はうす青い影に沈《しず》んでいた。

リュアンがそっと手をのばして、肩《かた》のあたりに触れた。子どもの頃、よくそうしてくれていたように、乾《かわ》いた手でさすってくれた。

──……ヒュウゴ。

「うん？」

──どんなふうになったら、あんたは幸せなんだろね。近衛士《このえじ》以外じゃだめなの？

　ほかに、なりたいものって、ないの？

「…………」

夕風がしのびこんできて、熱に乾いた頰をなでた。

「……近衛士でなくても、いいんだ」

口からその言葉が出てみると、自分が、ほんとうにそう思っていることがわかった。

父のような近衛士になりたかった。けれど、なりたかったのは〈近衛士〉という身分や役目ではなくて、それが体現している何かだった。

「ヨゴを──国も民《たみ》もみんな──幸せにするために生きている、と思える仕事なら」

さすっている手を止めて、リュアンが、つぶやいた。

――そしたら、トムランで一生懸命《いっしょうけんめい》働いて、ご主人の右腕になって、暖簾《のれん》分けをしてもらうとかじゃだめなの？　そうやってお店を大きくしていって、働き口がなくてこまっている人たちを雇《やと》ってあげたら？

ヒュウゴは、わずかに目を大きくした。

そうか、と思った。リュアンには、それがよい生き方に思えるのか。

シガンさんも同じことを言っていたし、たずねれば、トムランの主人もきっと同じように諭《さと》すだろう。――そう思ったとき、また、あの陽炎《かげろう》が見えた気がした。自分だけが、冷えびえとした影に沈んでいるような、あの感覚が。

ヒュウゴは顔をゆがめた。

「……冗談《じょうだん》じゃねぇよ」

――え？

ヒュウゴは、うなるように言った。

「なんで、だれもわかんねぇんだよ」

――……？

けげんそうに眉《まゆ》をひそめているリュアンに、ヒュウゴは吐きすてるように言った。

「タルシュの枝国《しこく》になっちまったこの国で、そんなふうに根をおろすってことは、タルシュに征服《せいふく》されたことを納得《なっとく》したってことじゃねぇか！　土足で踏《ふ》みこんできた強盗《ごうとう》に、のうのうと自分の家に居すわられて、そいつらを食わせるために身を粉にして働くなんて冗談じゃねぇと、なんでだれも思わないんだ？　なんで、そんなに簡単に納得しちまうんだ？」

うす青い影に沈んでいるリュアンは、なにも言わず、じっとヒュウゴを見つめていた。

ヒュウゴもなにも言わず、リュアンを見つめていた。

いくつもの思いが浮《う》かんで、めぐったが、そのどれも言葉に出して言うことをせず、ただ、長いこと見つめあっていた。

やがて、リュアンが肩の力を抜《ぬ》いた。

――降っても照っても……、

かすかに苦いものをふくんだ、しずかな思いが伝わってきた。

――わたしらは、ここで生きてきたし、ここで生きていくんだもの。

そう言うと、ため息をつき、リュアンは軟膏の壺《つぼ》に蓋《ふた》をして、紐《ひも》でしばった。

当て布や手拭いを、持ちやすいようにひとまとめにしてから、リュアンはヒュウゴに言った。

——厨房に行ってくるから、書付けを書いて。みなさんに、無事に帰ったことを知らせないといけないでしょうし、夕食もほしいでしょう。

ヒュウゴはむっつりとおしだまっていた。

リュアンが立ちあがり、戸を閉めて出ていくと、冷えびえとした闇《やみ》が小さな部屋をおおった。

7 碗《わん》の中

戸をたたく音とともに、ためらいがちな声が聞こえてきて、ヒュウゴは目をさました。

部屋の中はまっ暗だったが、戸の隙間《すきま》から明かりがもれていて、廊下《ろうか》がざわめいている。

「……入れよ」

声をかけると、戸が開《あ》いて、ふわっと汁物《しるもの》のいい匂《にお》いがただよってきた。

「うわっ、軟膏《なんこう》くせぇ」

顔をしかめながらトランが入ってきて、汁物と炊《た》きたての飯をのせた盆《ぼん》を枕《まくら》もとに置いた。仕事が終わって帰ってきたところなのだろう。開けはなたれた戸口に手をかけて、仲間たちがこちらをのぞきこんでいる。

それを見たとたん、あたたかい気分になった。

「入ってこいよ。そんなとこに固まってたら廊下が抜《ぬ》けちゃうじゃねぇか」

笑いながら声をかけると、少年たちは肩《かた》で押《お》しあいながら、われさきに部屋に入ってきた。

「おい、馬鹿《ばか》、押すんじゃねぇよ！　汁がこぼれっだろ」

トランがどなると、少年たちは、へっと肩をすくめて、寝具《しんぐ》を踏《ふ》まないように狭《せま》い部屋の中にちらばって座《すわ》った。

枕もとに腰《こし》を落ちつけたトランが心配そうに言った。

「大丈夫《だいじょうぶ》っすか」

ヒュウゴはうなりながら身を起こして、寝具の上にあぐらをかいた。

「もう平気だよ。——悪かったな、迷惑《めいわく》かけちまってよ」

トランはにやっと笑った。

「平気っすよ。詰所《つめしょ》に連れていかれて、箔《はく》がついたなって、言ってたとこです」

少年たちは、苦笑いしながらたがいの顔を見ている。

「ちぇ、のんきなこと言ってるぜ。おれなんて、背中の皮がぼろむけだぞ」

ヒュウゴが愚痴《ぐち》ると、ナルがへへ、と笑った。

「いいじゃねぇっすか。ヒュウゴさんには、看病してくれる女がいるし」

「馬鹿。ありゃ、姉ちゃんだよ」

言うと、ナルは、まじめにおどろいた顔になった。

「え、そうなんすか？　おれはてっきり、レコかと思った」

トランが脇《わき》から手をのばして、ナルの頭をたたいた。

「そう思ってたのは、おまえだけだよ、ボケ」

そう言ってから、トランは、真顔になった。

「そういや、ダウランのやつらが、ヒュウゴさんが詰所で半殺しにされたって言いふらしてんすよ。気をつけとかねぇと、いまが攻め時《せどき》だって思って、カチ込《こ》みかけてくるかも」

熱をおびた目をしているトランを見ながら、ヒュウゴは胸の底で、ふっと、なにかが遠くなるような感覚をおぼえた。

えらそうなことをリュアンに言いながら、自分はまた、こういうケンカ沙汰《ざた》が一番の重大事の日々をくりかえしていくわけか……。

それでも、くだらないからやめようぜ、というわけにもいかない。弱みを見せれば、ならず者たちは、かさにかかって襲《おそ》ってくる。

そういう連中の顔を思いうかべると、胸に凶暴《きょうぼう》な気分が動いた。

（……ひさしぶりに、弾《はじ》けたケンカをするのも、いいかもな）

このどうしようもない、くさくさした気分をぶつけられるなら、相手はだれでもいい。そう思いながらも、心のどこかで、歯車がかみあっていない、力の入れどころがまちがっているような虚《むな》しさがゆれていた。

その気分を押しかくして、ヒュウゴはトランに言った。

「トラン、おまえ、耳を澄《す》ませてろや」

「……何にっすか？」

「ダウランの連中の噂話《うわさばなし》にだよ。おれが半殺しにされたって、いちばん騒《さわ》いでるやつがだれかわかったら、教えろ。──そいつをやるからよ」

それを聞くや、少年たちの目にぎらぎらとした光が浮《う》いた。その熱気を肌《はだ》で感じて、ヒュウゴは歯をむきだして笑った。

「二、三日すりゃ傷もなんとかなる。それまでは店の中でおとなしくしてるけどよ、そのあとは祭りだ。派手にやろうぜ」

少年たちはどっと笑い、ひとしきり、あいつをやりたいとか、だれそれは見かけ倒《だお》しなんだとか、ダウランの連中との抗争話《こうそうばなし》に花を咲《さ》かせた。

すっかり汁も飯も冷めた頃《ころ》、ようやく少年たちは眠《ねむ》そうな顔で腰をあげたが、トランだけは部屋に残った。

ヒュウゴは盆から箸《はし》をとりあげると、冷めた汁物をすすった。口の中の傷に汁が沁《し》みた。

ちょっと顔をしかめながら汁をすすっているヒュウゴを、うかがうように見て、トランはためらいながら口をひらいた。

「ヒュウゴさん」

「うん？」

「……言うなって言われたんすけど、やっぱり、言ったほうがいいなと思うんすけど……」

ヒュウゴは眉《まゆ》をあげた。

「なんだよ。言えよ」

「あの、姉《あね》さんのとこに、ヒュウゴさんがいないか見にいったとき、家の中をのぞいたら、親父《おやじ》さんが臥《ふ》せってたんすよ」

どきっとして、ヒュウゴは碗をおろした。

「臥せってたって？　病気だってことか？」

「うん。親父さんは、たいしたことじゃねぇから、ヒュウゴさんには言うなって言ってたけど、顔色が悪かったし……」

——降っても照っても……、

リュアンのしずかな声が、耳の底に聞こえた。

——わたしらは、ここで生きてきたし、ここで生きていくんだもの。

ヒュウゴは手をのばして飯の丼《どんぶり》をつかんだ。

一瞬ためらったが、すぐに、わざと乱暴な手つきで飯に汁をぶっかけると、それを、音をたててかきこんだ。

トムランにもどって三日後の朝、ヒュウゴは主人に事情を話して、朝の暇《ひま》な時間に数刻だけ休みをもらい、店を出た。

前の夜から降りはじめた雨はまだ止《や》まず、街をしずかにつつんでいる。かすかに光を孕《はら》んだうす黄色い雲が空をおおって、すべてがぼんやりとけむって見えた。

運河沿いの小さな家が見えてきたが、今朝は屋根に鳥たちは止まっていなかった。近づいてもタラムーが泳いでくることもない。家の中もひっそりとしている。

軒下《のきした》に立って傘《かさ》をたたみ、リュアンは留守なのだろうかと思いながら、あいかわらず半開きになっている戸から中をのぞくと、ひと間しかない板の間に延べられている寝具に、ぽつねんと横たわっているヨアルの姿が見えた。

「……おじさん」

ためらいながら声をかけると、眠ってはいなかったのだろう、ヨアルがちょっと顔をかたむけてこちらを見た。

「おお……」

ヨアルの顔に微笑《びしょう》が浮かんだ。

手招きをされたので、中にはいると、ヨアルは身を起こそうとした。

「あ、起きないでいいっす。そのままにしててください」

あわててそう言いながら、ヒュウゴは、ヨアルの枕もとに座った。

ヨアルは目顔で炉《ろ》ばたを示した。

「リュアンは、繕《つくろ》い物《もの》をとどけに行ってるんだ。悪いが、自分で白湯《さゆ》をついで、飲んでくれんかね」

その声の力のなさに、ヒュウゴは内心どきりとした。

顔は土気色《つちけいろ》をしていて、頬《ほお》はこけ、目にも生気がない。ヒュウゴは思わずヨアルの顔から目をそらし、炉ばたを見た。

天井《てんじょう》から炉の上にぶらさがっている燻製《くんせい》用の籠《かご》には、小魚や鰻《うなぎ》は入っておらず、うっすらとほこりをかぶっている。

「……どこが、悪いんすか」

たずねると、ヨアルは力なくまばたきをした。

「さあて、なあ」

「さあて、って……医術師に診《み》てもらってないんすか？」

言ってしまってから、馬鹿なことを聞いたと臍《ほぞ》をかんだ。ヨアルは川漁師だ。漁に出られなければ、収入はなくなる。

枝国兵《しこくへい》に出せる息子《むすこ》のいないこの家では、ただでさえ高い税をとられているのだ。

リュアンの井戸《いど》探《さが》しや繕い物の収入では、食べるのがやっとだろう。

懐《ふところ》に手を入れ、ドゥド（巾着《きんちゃく》）をとりだそうとしたとき、ヨアルが身じろぎをした。

その顔を見て、ヒュウゴは、はっと手を止めた。

ヨアルの目に、強い光が浮いていたからだ。

かすかに荒《あら》い息をついて、ヨアルは言った。

「……金をくれる気なら、気持ちだけ、もらっとく」

ヒュウゴは眉をひそめた。

「なんで……」

その声にかぶせるように、ヨアルはしずかな声で言った。

「おれは、しがない川漁師で……医術師にもかかれん貧乏人《びんぼうにん》だけどね、人をたたいたことは、いままでいっぺんもない。人をたたいて、脅《おど》して、わがままを通すならず者が、おれは、この世でいちばん、嫌《き》れぇだから」

頭の芯《しん》が、すっと冷たくなった。鼓動《こどう》がはやくなり、ヒュウゴは顔をこわばらせて、ヨアルを見つめていた。

言葉はきつかったが、ヨアルの目に、怒《いか》りの色はなかった。

「あんたさんの気持ちも、わからんじゃない。親御《おやご》さんや妹さんを、あんなふうに奪《うば》われて、仕返しすることもできんで、身分違《みぶんちが》いの場所で生きろと言われりゃ、そりゃあ鬱憤《うっぷん》もたまるでしょう。

だけどね、ならず者は、いけねぇ。たとえ、そのドゥド（巾着）に入っているのがトムランでまっとうに稼《かせ》いだ金でも、あんたさんが人をたたいた手で、稼いだ金を、おれは、もらいたくねぇ」

ヨアルの目に涙《なみだ》が浮いた。

ヒュウゴは顔をふせた。息ができないほど重いものが、胸につまっていた。そのままヒュウゴは一礼し、立ちあがった。そして、ヨアルの顔を見ることができぬまま、外へ出た。

小雨《こさめ》の中をぼんやりと歩き、濡《ぬ》れた草地で草履《ぞうり》を滑《すべ》らせながら、家の裏手の土手を河原までおりた。

びしょびしょの草の中に腰をおろし、膝《ひざ》の上に腕《うで》をのせ、その腕の中に顔をふせた。泣きたかったが、泣けなかった。胸につかえているものは、どうしても外へ出てはくれなかった。

雨の匂いをかぎながら、ヒュウゴは長いこと、そうして、わが身をかかえていた。

遠くで人の声が聞こえている。荷船《にぶね》の船頭が、水夫《かこ》になにかを命じている声、それに応じている水夫《かこ》の声。鳥のさえずり、荷車が土手を行く音。そんなものが、ぼんやりとまじりあって聞こえている。

顔をあげると、草地が透《す》きとおった光にきらめいていた。

いつのまにか、雨はあがっていた。草の葉先に露《つゆ》がゆれ、小鳥がせわしなく草地と空を行き来している。

踝のそばに、だれが捨てたのか、小さなお碗が転がっていた。縁が欠けて、糸尻のあたりまで、ひびが入っている。

その碗の内側で、小さなバッタが跳《は》ねていた。

欠けた縁のほうへ跳ねれば出られるものを、やたらに跳ねるものだから、碗の内側にぶつかるばかりで、外に出られずにいる。

「……出たいのか」

ヒュウゴはつぶやいた。

「そこにいたほうが、鳥には見つからずにすむぞ」

バッタはただ、跳ねている。跳ねては、碗にぶつかっている。

ヒュウゴは指で碗の縁をつまみ、わずかに持ちあげてやった。

明るくなったのを感じたのだろう。バッタは縁をかすめながらも、ようやく外に跳《と》びだし、気持ちよさそうに草の中へと消えていった。

ほんのわずか身体《からだ》の位置を変えていたら、割れ目が見えていただろうに。

ヒュウゴは目を細め、天を見あげた。

(……バッタを、笑えねぇな)

いまの自分をあそこから見れば、抜けだせる道に気づかぬ間抜けが、しゃがんでいるように見えるのかもしれない。

川風が、すうっと顔をさすった。

(ここには、いられない)

ケンカは、碗の中にいることを知っているがゆえの、いらだちのはけ口にすぎない。

それは重々わかっていたのだ。

ならばなぜ、碗の外に出なかったのか。

(碗の割れ目を見せてくれたやつがいたのに)

割れ目の向こうにあるのが、風が吹《ふ》きわたる草原ではなくて、別の碗だと思ったからだ。しかも、その中に入るのではなく、碗をかぶせて、故郷の人びとを闇《やみ》の中におさえつける側にまわるのだと思ったからだ。

ふっと、目の前の草地に影《かげ》が滑っていった。見あげると、鷹《たか》が天を舞《ま》っていた。

光を背負い、影となったその姿を見た瞬間、なにかが脳裏《のうり》にはじけた。

(……そうだろうか)

そう思ったのは、自分が、碗の中にいるバッタだからではなかろうか。あまりにも多くのものにとらわれ、目をおおわれていたからではないのか。

あの位置から見おろしたら、また、別の風景が見えるのではなかろうか。

（タルシュの碗……）

自分たちをおおっている、息ぐるしい征服者《せいふくしゃ》の碗。

やみくもに碗の壁《かべ》にぶつかるバッタでいるかぎり、中にいる人びとを助けることなど、できはしない。──碗の外側に出ないかぎり、碗の形は見えないのだから。

ふと、夜明けのうす闇の中で底光りしていたオウル＝ザンの目が、心に浮かんだ。

自分自身に忠誠を誓《ちか》っていると言った、〈砂漠《さばく》のネズミ〉の目が。

（おれは……）

自分に忠誠を誓えるだろうか。──わが身は、忠誠に耐《た》えうるほどのものだろうか。

武人とは、帝《みかど》のためにわが身を捨てる者だと教わって生きてきた。だがもう、そんな生き方はできない。

帝にすべてを預け、生きるも死ぬも、帝に責任を負わせて、自分ではなにも考えぬ、そんな生き方では、だれも救えはしないのだ。

おのれの足で立たねば、見えぬ景色がある。

ヒュウゴは、息を吸った。

灰色の雲の縁《ふち》が、銀色に光っている。わずかな雲間に、青い空が見えていた。

雨に濡れ、額にはりついていた髪《かみ》を、川風がさらっていく。

なにかが胸の中に生まれ、息ぐるしいほどにふくらんでいくのを、ヒュウゴは感じていた。

(いつか……)

みんなを青空のもとへ、風が吹きわたる草地へ連れだせる者に——そういう者に、なれるだろうか。

こみあげてきたものが鼻の奥《おく》を熱くし、見あげる雲が、にじんだ。

8　変わりゆく流れ

公安士の詰所《つめしょ》を出て十日ののち、ヒュウゴはリュアンの家をたずねた。

家にはだれもいなかったが、裏手にまわると、細い掘割《ほりわり》のほとりにリュアンの姿があった。

洗濯《せんたく》をしているのだろう。まくりあげた袖《そで》から出ている細い腕《うで》と、ふくらはぎが、日の光に白く浮《う》かびあがって見える。

するっと、目に見えぬものが首に巻きついてきた。

リュアンが気づいて、こちらを見た。……とたんに、タラムーから、やわらかな、温かいものが流れこんできた。変わることのない、なつかしい、温かさだった。

ヒュウゴは足を止め、リュアンと、粗末《そまつ》な家を見つめた。

その変わらぬたたずまいを見ているうちに、ふっと、はじめての俸給《ほうきゅう》でシガンさんに肉の煮込《にこ》みを作ってもらって、駆《か》けてきた日のことを思いだした。

——……今日は、どうしたの？

濡《ぬ》れた手を前掛《まえか》けでぬぐいながらリュアンが近づいてきた。

ヒュウゴは、ひとつ息をつき、それからまっすぐにリュアンを見つめた。

「おれ、トムランを辞《や》めたよ」

——え？

「今朝、店主に詫《わ》びと感謝を伝えてきた」

ヒュウゴはちょっと唇《くちびる》の端《はし》をゆがめた。

「トムランを辞めるより、カシラを辞めるほうが大変だった。うまく仲間たちを仕切って守れるやつに縄張《なわば》りを任せるのに、ずいぶん手間がかかっちまった」

困惑《こんわく》したように眉《まゆ》のあたりをひそめて、リュアンはつぶやいた。

——なんで……？　トムランを辞めて、どうするの？

ヒュウゴはしずかな声で言った。

「タルシュ軍に入る」

リュアンは目を見ひらいた。

その顔が白くなっていくのを、ヒュウゴは唇を結んで見つめていた。

リュアンの混乱した思いが伝わってくる。

あの炎《ほのお》の夜の無残さを――ヒュウゴがどれほどタルシュを憎《にく》んでいるかを、すべて知っているからこその思いだった。

その不安を押《お》しやるように、ヒュウゴは言った。

「おじさん、具合どう？」

リュアンは、はっとしたように瞳《ひとみ》をゆらした。

――……知ってたの？

「うん」

ヒュウゴは苦笑《くしょう》を浮かべた。

「こないだ、薬代を渡《わた》そうとして、叱《しか》りとばされた」

なんと言われたか話すと、リュアンの顔にも苦笑が浮かんだ。

――父さん、頑固《がんこ》だから、そういうところ。……もっと、言い方もあるでしょうにねぇ。

「いや、ああいうふうに言ってもらえて、よかったんだ」

ヒュウゴは笑った。

「おかげで、自分がどんな屑野郎《くずやろう》になってたか、よくわかった」

なにを思い、なぜタルシュ軍に入ることにしたのか説明したかったけれど、どう言っても、なにかが抜《ぬ》け落ちて、違《ちが》うことに変わってしまいそうな気がした。

川風が、すうっと顔をなでた。その、かすかに湿《しめ》った風を吸いながら、やがて、ヒュウゴは早口に言った。

「もう、やめた。――ケンカをふっかけるなら、もっとデカイやつを相手にしなきゃ、おもしろくねぇから」

すこし照れているのが、わかったのだろう。リュアンはまぶしげな目で、こちらを見ていた。温かさと、かすかにさびしげな何かが伝わってきて、やがて、おだやかなものが胸にひろがった。

リュアンの顔に、笑《え》みが浮かんだ。

――……よかったね、ヒュウゴ。

ヒュウゴの手を、リュアンはさするようになでた。

――このままここにいたら、ケンカケンカで、いつ殺されるかわからないもの。それより、ずっといいわ。

ヒュウゴはうなずいた。

そして、懐《ふところ》からドゥド（巾着《きんちゃく》）をとりだして、それをリュアンに渡した。

「あのさ、これで、おじさんの薬買ってくれよ」

——え、……でも……。

「おれは、おじさんの息子《むすこ》じゃねぇから、せっかく枝国軍《しこくぐん》に入るってのに、おじさんの税金安くならねぇだろう？ それじゃ、なんか損したみてぇで腹がたつから、入隊の報奨金《ほうしょうきん》をおじさんのために使うんだって、そう言ってくれよ」

リュアンはつかのま眉根をよせて、その変な理屈《りくつ》の筋書きをたどっていたが、やがて、ふっとほほえんだ。

——ありがと。……そしたら、ありがたく、いただくね。

そして、つけくわえた。

——あんたがそう言ってたって聞いたら、父さん、きっと、すごく喜ぶわ。

心からうれしそうなその顔を見たとき、ヒュウゴは、ふいに、恥《は》ずかしくてできねぇかも、と思っていたことを、やる気になった。

懐から青と金で美しく色を焼きつけた腕輪をとりだすと、ヒュウゴは、ぱっとリュアンの右手をとって、その腕輪を細く白い手首にとおした。

「これ、やるよ。……こんなものじゃ、命を救ってもらった礼にはならないけれどな」

リュアンはうつむいて腕輪を見つめていた。

その目に涙《なみだ》が浮きあがり、白い頰《ほお》に伝った。なにも言わずに、リュアンはうつむいたまま、腕輪を、人さし指でそっとなでていた。

すっと白い鳥が飛び、その影《かげ》が草地を横ぎっていった。

と、ふいに、リュアンが顔をあげた。

ヒュウゴは、リュアンが、自分を透《す》かして、なにか別のものを見ているのに気づいた。

「……なにを、見ているんだ？」

――小魚の群れ。背をきらめかせて、渡っていくわ。満天の星が流れていくみたい……。

タラムーから聞こえてきたリュアンの声は、かすかにふるえていた。

――潮がひいていく。ひいていく潮にひかれて、大きかった川がしだいに細くなっていく。

やっぱり、変わっているんだわ。魚も、虫も、鳥も、ふしぎな生き物たちも、ここから、別の地へ旅立っていく……。

ヒュウゴは、そのとき、リュアンの身体《からだ》そのものが、タラムーのように透きとおっていくような幻《まぼろし》を見た。リュアンの目には、茫洋《ぼうよう》とした光が浮かんでいた。なにかに激しく心を惹《ひ》かれているまなざしだった。

天空を渡る群れにひかれて飛びたつ渡り鳥のように、旅立っていくという目に見えぬ生き物たちといっしょに、リュアンもまた、どこかへ行きたがっているような気がした。

その全身が、つかのま、ゆらめいた……。

ぞっとして、まばたきしたとたん、リュアンの姿はもとのように、はっきりと見えるようになったが、目に見えぬ川のゆらめきのむこうに姿が隠《かく》れてしまったような、その一瞬《いっしゅん》の恐怖《きょうふ》は、ヒュウゴの心に、くっきりと刻みこまれた。

「姉ちゃん……」

腕をつかむと、夢をみているような瞳で、リュアンはヒュウゴを見た。

哀しくなってヒュウゴは、手に力をこめた。……と、ぼんやりとけぶるようなまなざしが消えて、はっきりと視点が合ってきていたが、顔色は、まだ透きとおるように青白かった。

——……この地は、変わっていくわ。すこしずつ、すこしずつ。

ヒュウゴは、きゅっと顔をしかめた。

「変わっていくって？」

リュアンの口もとに、さびしげな笑みが浮かんだ。

――向こう側の、流れが変わったもの。

こちらの、いろいろなものが、それにひかれてる。

きっと、すごく変わるよ。ここも、あの流れが行く先も……。

ヒュウゴは、どこかこの世ではないものを見ているリュアンの、ふしぎなまなざしを、不安な思いで見つめていた。

「その流れとやらは、どこへ行くんだ」

リュアンは、すっと指さした。

その指は、まっすぐに北を指ししめしていた。

炎《ほのお》の路《みち》

夜風が頬《ほお》をなでた。

人の吐息《といき》のような、その風の香《か》をかいだとき、リュアンが目の前にいるような気がした。

顔をゆがめ、ヒュウゴは、目をつぶった。

北へと向かうときはいつも、あのとき北を指した、あの白く細い指を思いだす。水仕事で荒《あ》れていても、白さを失わぬ、あわれなほどに細い指だった。

あれから、ずいぶんと長い月日が流れた。

荒れくるう怒《いか》りを抱《だ》いた野良犬《のらいぬ》は、オウル＝ザンの手でターク〈鷹《たか》〉として鍛《きた》えなおされ、奇妙《きみょう》ななりゆきをいくつも重ねて、いまは、ラウル王子の鷹として、はるか北の大陸への侵攻《しんこう》を手伝っている。

多くのものを見、裏の裏を見せられ、帝《みかど》や民《たみ》、国というもの、すべてが、いまは、あの頃《ころ》とはまるで違《ちが》うものに見えている。

それでもまだ、見えないものも多い。わからぬものも多い。いまこのときも、変わっていく流れが自分をとりまいている。寄せては返し、打ちあっては渦《うず》を巻く波のように、すべてのことは複雑にからみあい、底も行き先もさだかに見えない。

それでも、わずかずつ培《つちか》ってきた、いくつもの絆《きずな》が結びあわさり、いくつもの種が芽を吹《ふ》き、ようやく、いま、新しい時代を生みだそうとしている。

待ちわびている三羽《ば》目の鷹は、やってくるだろうか。遠い北の大陸、カンバルの雪の峰《みね》を越《こ》えて、はるかに渡《わた》ってくる鷹は。

北の大陸の、若い皇子《おうじ》の澄《す》んだ目が、心に浮《う》かんだ。

その皇子を猛々《たけだけ》しい母のように守る槍使《やりつか》いの、したたかな、まなざしも。

北に蒔《ま》いてきた種は芽吹いたと、鷹は告げてくれるだろうか。

(きっと、鷹は来る)

あの皇子ならばきっと、吹く風さえも味方にして、高く、広く帆《ほ》を張り、北の地を導いていくだろう。

（……おれは、どうだろう）

帝都《ていと》に着き、ラウル王子の前に出たら、もう後もどりはできない。――責め殺されるか、生きのびて光を見るか、それは、運と、これまでのすべてが決めるだろう。

ヒュウゴはわずかにほほえんで、海を見つめた。

暗い海原《うなばら》に、ふいに火が走った。

いくつも、いくつも、光の球《たま》が走りぬけていく。

（……ウロラ・スーラ〈海の流れ星〉）

夜光砂虫《やこうすなむし》を身に帯びて、大きな魚たちが泳いでいるのだ。

その青白い光の乱舞《らんぶ》のうねりに、ふと、遠い日に見た、透明《とうめい》な魚が寄りそい、走っていくのを見たような気がした。

もはや遠くなったあの人の白い首と、少年だった自分の首を結んでいた奇妙な魚。

炎にたわむれるあの魚はきっと、よく知っていたのだろう。――首に巻きついた少年が、どんな路を歩んでいくかを。

「……ついてこい、タラムー」

ヒュウゴは、つぶやいた。

あの人が指さした北は、すでに炎につつまれている。

（それでも、おれは路を拓《ひら》く）

あの父娘《おやこ》がくれた温《ぬく》もりを、心の芯《しん》にいだいて、かならず。

はるか彼方《かなた》で、腹に太陽を抱いた水平線が、わずかに白みはじめていた。

十五の我《われ》には

夜明けの影《かげ》

ピクッと身体《からだ》がふるえて、その感覚で目がさめた。

バルサは寝台《しんだい》に横たわったまま、ぼうっと壁《かべ》ぎわに置いてある椅子《いす》を見ていた。

そこにだれかが座《すわ》っているような気がして、つかのま身をかたくしたが、すぐに目の錯覚《さっかく》であることに気づいて、力を抜《ぬ》いた。

まだ、夜明けには間《ま》があるのだろう。部屋の中は暗く、椅子の輪郭《りんかく》もさだかには見えない。眠《ねむ》る前に椅子の下に並べておいた長靴《ちょうか》のせいで、だれかが椅子に座っているように見えたのだ。

風が窓をゆらす音がして、かすかに夜気が鼻をさすった。カンバルの夜明け前の、雪の匂《にお》いのする氷のような夜気だった。

澄《す》んだ夜気の匂いを感じたとき、ついさっきまで、血と煙《けむり》のにおいをかいでいたことを思いだした。——そういう夢をみていたのだろう。

——……人を殺した者にも……、

チャグムの声が耳の奥《おく》で聞こえた。

昨日《きのう》の夜、脇《わき》に来て座り、膝《ひざ》をかかえていたチャグムの顔が目に浮《う》かんだ。

——……いつか、苦しさを忘れて……納得《なっとく》して……生きられる日がくるのかな。それとも、ずっと苦しいままなのかな……。

旅のあいだも、王城にはいってからも、張りつめた表情を崩《くず》さなかったチャグムの目に、あのとき、ふっと無防備な、幼子のような弱さが見えた。

バルサは仰向《あおむ》けになり、両手で顔をおおった。

（……もっと）

気のきいたことを言ってやればよかった。あのとき口をついて出たのは、ずいぶんと正直すぎる、生半可《なまはんか》なことばかりで……。

大人びてみえても、まだ十七——まだ、たった十七なのだ。それなのに、あの子は多くの命を、その背に負わねばならない。

(あのくらいの年の頃《ころ》なんて、わたしは人の命を背負うどころか、自分の命すら、まともに背負えなかった……)

ジグロに支えられてやっと、なんとか立っていたのだ。

(そのくせ、ジグロに面倒《めんどう》をかけていることが、嫌《いや》でならなかった)

なんと幼かったのだろう……。

バルサは暗い天井《てんじょう》を見あげて、なかば夢が残っている心のどこかから、十五の頃のあれこれが滑《すべ》り出てくるにまかせた。

1　死闘《しとう》

だれを斬《き》ったのか、すでに血にまみれている刃《やいば》が、目の前に迫《せま》ってきた。バルサは顔をひかず、身体《からだ》をひねりながら敵の右側にのりだし、短槍《たんそう》を刀のように使って敵の脇腹《わきばら》を斬り裂《さ》いた。

傷口からとびちった血を顔に受けながら、敵の脇にとびだし、さらに、そいつの腰《こし》を足で蹴《け》って、蹴たおした。そいつの背後から、こちらへ足を踏《ふ》みだそうとしていた敵が、そいつの身体にぶちあたって、よろめくのが見えた。

目がくらむ。

闘《たたか》いはじめて、もうどれくらい経《た》つのだろう。まだ、どこにも傷はなかったが、息が上がりはじめていた。

（……ちくしょう）

バルサは数歩右に駆《か》けて、乱闘の場から離《はな》れると、すばやく、この場の状況《じょうきょう》を見わたした。左手は切りたった岩壁《がんぺき》、右手は谷川へとゆるやかに下《くだ》る斜面《しゃめん》になっている街道《かいどう》道《みち》で、谷川への斜面は足場の悪いガレ場になっている。隊商の護衛士のひとりが盗《とう》賊《ぞく》に斬りたおされて、斜面をずるずると谷川へと落ちていくのが見えた。

逃《に》げていった商人たちを盗賊が追えぬよう、道塞《みちふさ》ぎの岩のようにジグロが立っているのが見える。短槍をみごとに旋回《せんかい》させて、むらがっていく盗賊たちを寄せつけていない。

しかし、敵の数はあまりにも多かった。まだ十人はいる。

あの商人たちは、よっぽどだれかに恨《うら》まれていたのだろう。これは、ふつうの盗賊行為《こうい》ではない。隊商の荷を奪《うば》うことを目的にした襲撃《しゅうげき》ではなく、皆殺しにすることを目的にした襲撃だった。

もはや、立っている護衛士は、ジグロとバルサのふたりだけだった。

だが、倒《たお》れている味方の数は、ぱっと見ただけでも、わずかに三人。残りの護衛士たちの姿は、どこにも見えない。

(はめられた……)

舌打ちをして、襲《おそ》いかかってきた敵の刃を短槍で跳《は》ねあげ、跳ねあげた、その勢いのまま手の中で柄《え》を上方に滑《すべ》らせて、石突《いしづき》の近くを握《にぎ》るや、敵の額に打ちおろした。

敵が昏倒《こんとう》するのを見とどけもせず、バルサは、ガレ場の斜面を、ジグロのほうへ向かって走りはじめた。

これ以上は無理だ。逃げるべきだ。

細かく砕《くだ》けた岩がごろごろしているガレ場は走りにくく、飛んでくる矢を避《よ》けるのがむずかしい。

走りだしてから、さっきの場所にとどまって、あそこにいた連中をすべて倒したあとで動くべきだった、という後悔《こうかい》が胸を刺《さ》した。ふたりきりになってしまったという焦《あせ》りが判断を狂《くる》わせたのかもしれない。

だが、いったん走りだしたら、顔が向いている方向へ動きつづけるべきだ。立ちどまれば、やられる。

追ってくる足音、怒声《どせい》、弓弦《ゆんづる》の鳴る音、飛んでくる矢……。

ふいに、右の腿《もも》に棍棒《こんぼう》でたたかれたような痛みが走り、バルサはつんのめって、ひっくりかえった。矢が刺さったのだ。

歯をくいしばって、ふるえながら、バルサは腿から突きだしている矢の、長い矢柄《やがら》をへし折った。

（……父さん、こっちを見るな。……こっちを、見るな）

ジグロが、自分のようすに気づいたら、このガレ場へ駆けおりてくるかもしれない。それだけは、避《さ》けたかった。口の中で祈《いの》りながら、バルサは足をひきずって立ちあがり、背後から襲ってきた男の腕《うで》の下へもぐりこむや、手に握っていた折ったばかりの矢柄を、その男の脇腹に突き刺した。

もはや、自分がなにをしているのか、わからなくなっていた。音も匂《にお》いも遠のき、ただ、赤い靄《もや》のような光景の中で、ひたすらに身体が動くにまかせ、バルサは闘いつづけた。ヒグマの仔《こ》が、もがきながらガレ場を登っていくように、バルサは闘いながら必死にガレ場を登り、ジグロに近づいていった。

自分の息の音がうるさい。肺が焼けつくように痛かった。返り血が目に入りこんで、よく見えない。短槍が鉛《なまり》の棒のように重い。

肩《かた》をつかまれたとき、バルサは、とっさに身をねじって短槍を自分の腋《わき》の下をくぐらせ、背後に立っている男に突き刺そうとした。しかし、背後の男は、さっと短槍をつかみ止めた。おそろしい力だった。引いても押《お》しても動かない。

「………」

なにか言っている。

歯をむきだし、うなりながらバルサはもがいた。

「……バルサ、おれだ！」

その声がようやく耳にとどき、バルサは、短く息をつきながら、動きを止めた。

「おれだ。……もういい……終わった」

ジグロの言葉の意味が頭に沁《し》みこんだとたん、目の前が暗くなった。崩れおちそうになったバルサの身体を、ジグロが抱《だ》きとめた。

「しっかりしろ！　まだ、気を失うな」

浅く息をしながら、バルサは歯をくいしばって、うなずいた。

ジグロはバルサの左の手首をがっちり握り、その腕を自分の首の後ろにまわした。なかば担《かつ》がれるようにして、バルサは歩きはじめた。闘っているあいだも、つねに感じていた右足の痛みが激しくなってきた。足を地面につけるたびに、激痛が走る。

ふたりは、倒れてうめいている男たちの身体をよけて、慎重《しんちょう》に足もとをたしかめながら、ガレ場の斜面を谷川へと下りはじめた。この盗賊たちに仲間が残っていたら、この状態で追撃を受ければ、命はない。谷川沿いにひろがっている森にはいって、隠《かく》れるべきだった。

最後は、ずるずる滑りながら、ようやく河原におり立ったとき、バルサは、かすれ声で、つぶやいた。声を出さないと、気を失ってしまいそうだった。

「……はめられた」

ジグロがうなずいた。

「ああ」

「……どいつが、内通してやがったんだろう……」

護衛士のだれかが、盗賊と通じていたのだ。そうでなければ、これほどみごとに襲撃されるはずがない。

「商人連中も……あっさり、逃げちまったし……くいしばった歯のあいだから、つぶやくと、ジグロが応《こた》えた。

「おれたちは、彼《かれ》らを逃がすために、雇《やと》われたんだろうが」

「でも……」

バルサは言いかえした。

「やつら、前金《まえきん》しかくれていないじゃないか……」

ジグロは、うすく笑った。

「半金《はんきん》がとれなくなることを考えて報酬《ほうしゅう》を決めている。前払《まえばら》いの半金だって、けっこうな額だろうが」

バルサは、肩をすくめた。

「……命の、代金にしちゃ、安すぎるよ……」

しばらく、ジグロは応えなかったが、森の中に足を踏み入れたところで足を止めると、しずかな声で言った。

「そう思うなら、いつかおまえは、命を購《あがな》わないですむ仕事を見つけろ」

いつか――追手《おって》がこない日がきたら。

そんな日がくるはずがない。それに、もうおそい。自分は、人を殺して、生きてきたのだから……そう思ったのを最後に、バルサは気を失った。

血のにおいに満ちた苦痛の靄をつらぬいて、天に昇《のぼ》っていくような、澄《す》んだ歌声と哀愁《あいしゅう》をおびた調べが風にただよっている。なかば気を失ったまま、バルサは、その歌声を、ずいぶん長いこと聞いていたような気がした。

だれかと話しているジグロの声が聞こえた。

「……おれは、怪我《けが》はしていない。これは返り血だ。娘《むすめ》は、右足に矢傷を負っている。それほどの深手《ふかで》じゃないが」

ひんやりとした手が、足の傷に触《ふ》れたので、バルサはびくっと目をあけた。

だれかが、片膝《かたひざ》をついて、バルサの腿の傷を調べていた。

「深手じゃないなんて……これほどの傷なのに」

なめらかな絹布《けんぷ》で、頬《ほお》をなでられたような気がした。——こんな声は、聞いたことがなかった。乾《かわ》いた返り血がこびりついているせいで、まつげが重い。それでも必死に目をあけて、バルサはその声の主を見た。

声がそのまま姿になったような美しい人だった。まっすぐこちらを見つめている目は、深い茶色をしている。

「こんな傷を負っていて、ふたりだけで野宿するのは危険でしょう。ここから、人家があるところまでは、二日はかかるし」

そう言うや、女人《にょにん》は、背後にたたずんでいる奇妙《きみょう》な衣《ころも》をまとった女たちをふりかえった。旅芸人の一座なのだろう、笛や太鼓《たいこ》をたずさえている者もいる。

「今夜は、ここで宿りをしましょう。野宿の準備をととのえてちょうだい」

女たちのあいだに、ざわめきが起きた。なかのひとりが遠慮《えんりょ》がちに口をひらいた。

「でも、お頭《かしら》、こんなところで、いまから野宿をしたら、明日《あす》、アハランに着けませんよ」

お頭と呼ばれた美しい女人が口をひらきかけたとき、ジグロが太い声で言った。

「サダン・タラム〈風《かぜ》の楽人《がくじん》〉のお頭、お心づかいはありがたいが、おれたちは大《だい》丈夫《じょうぶ》だ。——こういうことには、慣れている」

「……でも」

言いかけたお頭の言葉を、手でさえぎって、ジグロは言った。

「もし、手持ちに余裕《よゆう》がおありなら、薬草と酒と食糧《しょくりょう》をすこし、分けていただけるか。相応の対価をお支払いする」

お頭は目を細めて、ジグロを見つめていたが、やがて、うなずいた。

「もちろん、お分けしましょうよ。でも、すこしばっかりの薬草と食糧に、お金なんぞいりません」

首を振《ふ》ろうとしたジグロを、今度はお頭がさえぎった。

「サダン・タラムの心意気を、無駄《むだ》にしないでくださいな。わたしらはね、いい男には、いい顔をしたくなるんですよ。……ねぇ？」

なかば後ろの連中をふりかえりながら、お頭がほほえむと、後ろの連中も笑いながら同意した。

ジグロは苦笑《くしょう》した。

「……ならば、ありがたくご厚意《こうい》をお受けしよう」

男衆が荷馬《にうま》から薬草と酒と食糧をおろしてくれているあいだに、女たちが焚き火《たび》をたいてくれた。たのんだわけではなかったが、彼女《かのじょ》らは小さな鍋《なべ》に水を汲《く》んできて、手早く湯をわかし、薬草を煮出《にだ》してくれた。

「だれか、もっと水を汲んでおいでな。この娘さん、血まみれのまんまじゃ、気持ち悪いでしょう」

そう仲間に声をかけているお頭に、ジグロが言った。

「いや、もうこれで充分《じゅうぶん》だ。アハランは遠い。どうぞ、出発してくれ」

「でも……」

言いかけたお頭に、ジグロが応えるよりはやく、バルサが言った。

「わたしは、大丈夫《だいじょうぶ》です。……血をかぶってたって、死ぬわけじゃない。明日《あす》の朝になったら、川で水を浴びれば、いいことです」

お頭がおどろいたように、わずかに目を大きくして、バルサを見た。なにを考えているのかわからぬ目で、じっとバルサを見ていたが、やがて、ほほえんだ。

お頭は、仲間たちに手を振って、出立《しゅったつ》の合図をした。それから、ジグロとバルサをふりかえって、温かい声で言った。

「いちど行き会ったご縁。また、どこかで会うことがあったら、今度はおいしいお酒でも酌《く》みかわしましょう」

ジグロが立ちあがり、深ぶかと頭をさげた。

「ご厚情《こうじょう》に感謝する。――つぎに行き会ったときは、かならず、うまい酒を奢《おご》らせてくれ」

バルサも身体を起こして、頭をさげたかったが、手足に鉛が入ったようで、どうしても動かすことができなかった。

そんなバルサに、ちらっと笑いながらうなずいて、お頭は、待っている仲間のほうへ歩いていった。

サダン・タラム〈風の楽人〉が去ってしまうと、とたんに、あたりがしずかになった。バルサは、ぼうっと、彼らが歩みさったほうを見ていた。

「……矢を抜《ぬ》くぞ」

ジグロの声に、バルサは我にかえった。

太腿に刺さっている矢の周囲を太い指でさぐられて、バルサは顔をしかめた。

「よかったな。やはり、太い血管をそれている」

ジグロは手早く、バルサの腿のつけねに紐《ひも》をかけると、ぎゅっとしばって血止めをした。

それから、うなじに片手をあてて半身《はんしん》を起こしてくれながら、もう一方の手で酒壺《さかつぼ》をつかみ、バルサの口にあてた。

バルサは喉《のど》を鳴らして、酒を飲んだ。

強い酒だった。火が喉をくだり、腹を焼いて、全身にまわっていく。

「なんか、嚙《か》んでろ」

言われるまでもなかった。バルサは、さっきお頭が置いていった布を、自分の口におしこんで、嚙みしめた。

ジグロは、酒壺から直接酒を口にふくむと、バルサの傷口に吹《ふ》きかけた。刺すような痛みが走ったが、バルサはうめきもしなかった。

だが、矢を抜かれたときは、うめいた。刺さってから長い時間たっているので、肉が矢をまきこんでいたからだ。返しがついていない菱形鏃《ひしがたやじり》だったが、それでも、ジグロは額に汗《あせ》を浮《う》かべて、ぐいぐいとゆすぶりながら抜かねばならなかった。その痛みは、あまりにもすさまじく、抜きおえたあとに、薬草の汁《しる》を傷口にそそがれたことさえ感じないほどだった。

ジグロが布をきっちりと巻いてくれているあいだ、バルサは涙《なみだ》を流していた。

ほんのすこし、痛みがひきはじめたとき、バルサは口から唾《つば》にまみれた布を吐《は》きだし、つぶやいた。

「……ドジを踏んだ」

ジグロが、鼻で笑った。

「そうだな。足場が悪い場所に、自分からおりていく馬鹿《ばか》がいるか」

放《ほう》りなげるように言うや、鮮血《せんけつ》にまみれた布をまるめて、ジグロは立ちあがった。

バルサは目をとじた。

見なくとも、ジグロがなにをしにいったか、わかっていた。ジグロは、木々のあいだに細い糸を張り、鳴子《なるこ》を吊《つ》るしにいったのだ。夜襲《やしゅう》を受けぬよう、野宿をするときには、かならずやる仕掛《しか》けだった。だが、今日は、いつもより長く、ジグロはもどってこなかった。

痛みにさいなまれながら、何度か目をあけて、ジグロがもどってこないか森のあたりを見ていたが、日がとっぷりと暮れ落ちたころ、ジグロはようやくもどってきた。

さっき、サダン・タラム〈風の楽人〉にもらった食糧が入っていた革袋《かわぶくろ》を手に持っている。革袋の底から、ぽたぽたと水滴《すいてき》が落ちていた。

ジグロは、バルサをかかえ起こした。革袋に口をつけると、革の匂いがしたが、渇《かわ》ききった喉に滑りこむ、ひんやりと冷たい水は、天にも昇るほどうまかった。

バルサがたっぷり飲んだのを見とどけると、ジグロは、革袋の水で布を湿《しめ》して、バルサの顔をふきはじめた。

「……いいよ。あした、自分で……」

言いかけたバルサを無視して、ジグロは、ごしごしとバルサの顔にこびりついた血をふきとった。

怒《おこ》ったような顔で、血をぬぐってくれているジグロの目は、底なしに暗かった。ジグロがなにを思っているのか、考えたくなくて、バルサは目をつぶった。

2　酒場の暮らし

酒場が開《ひら》くには、まだ、だいぶ間《ま》があったが、厨房《ちゅうぼう》ではもう仕込《しこ》みの仕事がはじまっていた。

バルサが、裏口から、厨房で立ち働いている人たちに挨拶《あいさつ》の声をかけると、上がりがまちに腰《こし》かけて芋《いも》の皮をむいていた娘《むすめ》が、顔をあげた。

「こちらに、ジグロという者が雇《やと》われているはずなんですが、いま、おりますでしょうか」

バルサがたずねると、娘は、ああ、と言った。

「ジグロさんなら、さっき見かけたときは表の店にいたよ。表にまわんなよ」

バルサは礼を言って、裏口を出た。

盗賊《とうぞく》に襲撃《しゅうげき》されてから、そろそろひと月半。矢傷はきれいにふさがって、もう歩いても痛みはなかった。

ロタの王都からホゥラ河沿いに北上したところにあるこの街は、さほど大きくはないが、北部の大きな街ジタンやトルアンに荷を運ぶ河船の船乗りたちが、いったん船を係留して、食糧《しょくりょう》などを買いこみ、休息をとる街として、人の行き来が多く、活気がある。

気の荒《あら》い船乗りたちが行き来するこういう街には、用心棒の働き口が多い。これまでも、何度か、ふたりはこの街で暮らした経験があった。

ジグロは、怪我《けが》をしているバルサの身を気づかったのだろう。移動しつづける隊商の護衛ではなく、しばらくはこの街にとどまって暮らそうと言った。そして、古なじみの酒場に用心棒としておさまったのだった。

陽射《ひざ》しには、春らしい暖かさがあったが、日がかたむきはじめると、川風がひんやりと肌寒《はだざむ》く感じられる。バルサは、ゆるめていた襟《えり》の留《と》め紐《ひも》をひっぱって襟を寄せながら、店のほうにまわった。

開店前の店は、がらんとして、うす暗かった。

長い食卓《しょくたく》の上に、いくつもの椅子《いす》が、ひっくりかえしてのせてある。床《ゆか》をふいたばかりなのだろう、割り板を並べた床が黒く湿《しめ》って、湿気《しっけ》くさい匂《にお》いがしている。

店の奥《おく》の窓ぎわに、ジグロが座っていた。

片肘《かたひじ》をついて、食卓にひろげた書物を読んでいる。書物の脇《わき》に置かれた茶碗《ちゃわん》からは、かすかに湯気がたっていた。夕暮れの光が、開かれた書物の紙をあわく光らせている。その光景を見た瞬間《しゅんかん》、バルサは、なにか硬《かた》いもので、胸の底を突《つ》かれたような気がした。書物を読んでいるジグロの姿は、このうらぶれた酒場には、あまりにも不似合いだったからだ。

ジグロは、〈王《おう》の槍《やり》〉だったのだ、という思いが心に浮《う》かんだ。

カンバルを離《はな》れたときは、まだ六歳《さい》だったが、それでも、〈王の槍〉がどのような存在であるかは知っていた。王宮で暮らす、カンバル王国最高の武人たち。武芸はもちろんのこと、詩歌《しいか》や古典に精通し、洗練した作法を身につけた、カンバル人の誇《ほこ》り。

親友の頼《たの》みをきいて、バルサを助けたりしなければ、ジグロはいまも、王宮で、最高の武人として、おだやかに暮らしていたのだ……。

バルサが戸口に立った気配を感じたのだろう。ジグロが顔をあげて、こちらを見た。

バルサは小さく息を吸ってまばたきをし、自分の胸に浮かんだ思いをさとられぬように、わざと気楽なふうをよそおってジグロに近よっていった。

「なにを読んでいるの？」

ジグロは書物の表紙を見せてくれた。その枯葉色《かれはいろ》の表紙は、古びてはいるが、落ちついた色あいで、美しかった。

「詩集だよ。ロルアのな。彼《かれ》は、味のある詩を書く。……読んでみるか」

バルサは、にやっと笑って首を振った。

「いいよ、詩集なんて。読むと眠《ねむ》くなるだけだもの」

ジグロは眉《まゆ》をひそめた。

「……まったく、風流というものがわからんな、おまえは」

そう言ってから、思いだしたように問うた。

「働き口が決まったのか?」

「うん。ヤクーラ通りのフラハンっていう店が、雇ってくれた。──住み込みの、用心棒としてね」

そう言うと、ジグロは疑わしげに眉をあげたが、バルサは表情を動かさなかった。

しばらくは皿洗いと料理の仕込みの手伝いをしろ、用心棒として役にたつかどうかは、ようすをみてから決めるという店主の言葉をそのまま伝える気はなかった。

十五の小娘を用心棒として雇ってくれる店など、あるはずがない。

だが、下働きをしながらでも、なにかのおりに、用心棒として充分《じゅうぶん》役にたつのだと認めてもらえれば、やがては用心棒だけで食えるようになるだろう。そうやって、地道に評判を得ていくしかないのだと、バルサは思っていた。

　隊商の護衛をするときは、ジグロの従者として、一人前の護衛士の半額ほどの金額をもらえたが、こういう街での仕事口は、ふたりいっしょというわけにはいかない。

　去年までは、ジグロが用心棒をしている店で皿洗いなどをしていたのだが、今年は十五になったことだし、別の店で経験をつみたいと言うと、ジグロはそれもいいだろう、と、あっさり認めてくれたのだった。

「けっこう大きな店だけど、知っている？」

　ジグロは顎《あご》ひげをさすった。

「鳥料理と地酒を出す、賭博《とばく》酒場だな。河のすぐそばの」

　なにを思ったのか、ちらっと目に、気づかわしげな色が浮かんだ。

「なに？　……やばい店なの？」

　バルサが問うと、ジグロは首を振った。

「いや、ああいう店のなかでは、まっとうなほうだろう。悪い評判は聞かん。――まあ、落ちついて働け。ときどきは、この店にも顔を見せろ」

「はい」

バルサは神妙《しんみょう》にうなずいた。

「へぇ、おまえ、なかなか皮むきがうまいな」

バルサが足ではさんでいる籠《かご》の中に目をやって、料理長がおどろいたように言った。

「小娘のくせに、短槍《たんそう》なんぞ持って、変なやつだと思ったが、使えんわけじゃなさそうだな」

バルサは無言で、小さく頭をさげた。

そのあいだも、手は止めず、つぎつぎに芋の皮を小刀でむいていく。芋の皮むきも、バルサにとっては修行《しゅぎょう》のひとつだった。バルサは芋を見ていなかった。周囲に気づかれぬよう、芋を見ているように顔をうつむけてはいたが、実際は床の一点を見ていた。目で見ずに、手を自在に動かせるように努めていたのだ。

芋をすべてむきおわり、芽をとって小さな俎《まないた》の上で均等に輪切りにすると、バルサはそれを入れた鍋《なべ》を持って立ちあがり、外の井戸《いど》へ持っていった。水を張った桶《おけ》に芋を浮かべて、アク抜《ぬ》きをするためだ。

井戸のまわりには、下働きの娘たちがたむろしていた。腕《うで》まくりをしたまま、立ち話をしている。ささやくような声で、人の名前を告げあっては、きゃあ、きゃあ、笑いあっている。どうやら、どの料理人が好きか、打ち明けあっているらしい。

「ねぇ、あんた！」

なかのひとりが声をかけてきたので、バルサは顔をあげた。

「あんたはさ、だれがいいと思う？　やっぱり、サークさん？」

バルサは耳のあたりをなでながら、答えた。

「さあ。……よくわかんない。ごめんよ」

そう言うと、娘たちは、火からおろされた鍋のようにしずかになって、まじまじとバルサを見た。娘たちは、なぜか、まぶしいものでも見るような目でバルサを見ていたが、やがて、最初に声をかけてきた娘が照れたような顔であやまった。

「ごめんね、変なこと聞いてさ」

バルサは苦笑《くしょう》した。

「こっちこそ、ごめんよ。場をしらけさせちゃったね」

彼女《かのじょ》らに、ちょっと会釈《えしゃく》して、濡《ぬ》れた手を前掛《まえか》けでぬぐうと、バルサは、井戸ばたに背を向けた。

店の屋根ごしに見える空が、夕焼け雲に染まっている。厨房からさかんに立ちのぼっている煙《けむり》が、その雲にまぎれて、消えていった。


「……ねぇ、あんた、大丈夫？」

ゆすられて、バルサは、はっと目をあけた。

びっしょりと寝汗《ねあせ》をかいている。浅い息をつきながら、バルサは、隣《となり》に横たわっている娘の、心配そうな顔を見つめた。

「すごく、うなされてたよ」

「ああ……」

バルサは、汗で額にはりついた髪《かみ》をかきあげて、ささやいた。

「……悪い夢を、みたんだ。ごめん、起こしちまって……」

酒場の下働きの女たちが眠るのは、店の屋根裏につくられている天井《てんじょう》の低い大部屋だった。小さな寝台《しんだい》がずらりと並べられていて、娘たちはそこで、くっつきあうようにして眠るのだ。深夜をだいぶん過ぎるまで働かされる娘たちは、床《とこ》にはいると、泥《どろ》のように眠る。寝息だけが、うす暗い部屋の中に満ちていた。

声をかけてくれた娘も、もう目を閉じている。かすかにあけている口からは、しずかな寝息がもれていた。

バルサは身体《からだ》をかたむけて、小さな窓を見た。

空は鉄色をしていた。夜《よ》が明けるのだ。

(……いやな夢だったな)

夢の名残りが、まだ身体のすみずみに残っていた。

——おお、おまえは、カンバル人だな。……どの氏族の子だね?

耳の奥に残る、やさしい声と、頭をつつむように置かれた大きな手の温かさと重さ……。

——わたしにも、ちょうど、おまえと同じ年頃《としごろ》の娘がいるんだ。

宿屋の暖炉《だんろ》の脇に立てかけてある、その人の短槍の柄《え》は、黒光りしていた。留め具には、上品な飾《かざ》り彫《ぼ》りがほどこされている。一般《いっぱん》の武人が持てるような槍ではなかった。

この人は、わたしがだれだか、まだ気づいていないのだ、と、バルサは思った。ジグロに似た雰囲気《ふんいき》をもっている、この武人はたぶん、わたしたちを追ってきた〈王の槍〉だ。

この人の時は、あとすこしで終わってしまう。

働き口を探しにいっているジグロがこの宿屋にもどってきたら、ふたりは闘《たたか》って、ジグロは傷つき、この人は……死ぬだろう。――この人はもう、娘には会えないのだ。

バルサは、頭をなでてくれている大きな手の下から逃《に》げだして、戸口に向かって駆《か》けだした。この人と、ジグロを会わせたくなかった。ふたりを闘わせたくなかった。

だが、戸口ははるかに遠く、目の前には、血刀《ちがたな》を持った男たちがたくさんいた。ああ……わたしが殺してしまった男たちだ……と、バルサは思った。まとわりつき、ねばりつき、戸口に行かせてくれない亡者《もうじゃ》たち。右の腿《もも》に激痛が走り、足もとは、いつのまにか、ガレ場に変わっていた。

身動きができない。刃《やいば》が迫《せま》ってくる。はらわたがちぢみあがるような恐怖《きょうふ》が、全身をつらぬく……。

バルサは顔をゆがめた。

起きる時刻には、まだずいぶん間《ま》があったが、もう眠る気にはなれなかった。バルサは、そっと身を起こし、寝台の端《はし》にかけてある衣《ころも》をまとうと、壁《かべ》に立てかけた短槍を持って、屋根裏部屋を出た。

井戸のある裏庭に出ると、すんっと冷たい大気が身をつつんだ。

空の底は黄色みをおびているが、天空にはまだ星が光って見えていた。

バルサは手足をゆるやかに動かして、息をととのえた。そして、頭上に槍を構えるや、無言の気合を発しながら、ふりおろした。

冷たい大気を裂《さ》くように、激しく短槍をふるううちに、全身から、靄《もや》のような湯気が立ちのぼりはじめた。悪夢の記憶《きおく》も、心の底によどんでいるものも、すべてを吐《は》きだし、清めようとするように、バルサはひたすらに短槍をふるった。

天から星の光が消える頃、バルサは手を止め、ゆっくりと短槍を井戸ばたに置いた。なるべく音をさせぬよう釣瓶《つるべ》をたぐって水を汲《く》むと、襟の紐を解《と》いて、衣を脱《ぬ》ぎすてた。そして、一気に水をかぶった。

ほてった身体を冷たい井戸水が打ち、心地《ここち》よかった。上衣《うわぎ》をまるめて、ざっと身体をふくと、その上衣をひろげてパンッと宙を打ち、水をはらって、そのまま、まとった。

天の高いところを、カーオ、カーオ、と、鳴きかわしながら、鳥の群れが渡《わた》っていく。それを見あげたとき、胸の底から、流れて行きたい……という思いが湧《わ》きあがってきた。

風に吹《ふ》かれながら、歩いていきたい。草のなびく広大な野を、雪をいただく山脈《やまなみ》のふもとを、ひたすらに歩いていきたかった。

ひとつ所にとどまっていると、忘れようとしてきた思い出が追いついてくる。

(……ジグロに)

会いにいこうか。もう足は治ったから隊商の護衛をしようよ、そのほうが稼《かせ》げる、と、言いにいこうか。

これまでは、こんな気持ちになると、いつもそうしてきたのだけれど、バルサは、その気持ちを押《お》しころした。

この街にはジグロと仲のよい書物商がいる。

いま雇われているあのトイ酒場も、もめごとの少ない、よい酒場だ。冬を越《こ》すのに、この街ほどよいところは、そうはない。

せっかくひとつ所にとどまっていられるのだ。ジグロを、自分のわがままにつきあわせることはない。

バルサは短槍を持つと、しずかに店にもどっていった。

店での暮らしにもなじみ、半月が過ぎた頃、街におとずれる商人たちの数が一気に増えた。

夏に向かうこの季節、北部の森林地帯では、タイカという花が実をつけはじめる。この実には滋養強壮《じようきょうそう》の効果があるとされるが、森林の奥深くに咲《さ》く花なので、だれもが採集できるというわけではない。タイカ採りたちは、自分たちだけの秘密の場所からタイカを採ってくる。そして、南部からやってくる商人たちと高値で取引きするのだ。

このタイカ採りとの交渉《こうしょう》のために、この時期、南部の薬草商人たちが北へと向かう旅をはじめ、この街でしばしの休息をとるのだった。

バルサが働いている店にも多くの客がおとずれ、いつもにまして忙《いそが》しくなった。いくどかケンカ騒《さわ》ぎも起きたが、どの騒ぎもたいして大きなものではなくて、店主が雇っている用心棒がおさめてしまい、バルサが出る幕はなかった。

この店の店主は意外に気がいい男で、店が繁盛《はんじょう》しているのを見ると、すこぶる機嫌《きげん》がよくなり、雇われている者たちに、ご祝儀《しゅうぎ》を出してくれる。仲間の娘たちは、その金で飾り物を買ったりしていたが、バルサは、もらった金はすべて帯に縫《ぬ》いこんでいた。

荷物を持たずに、身ひとつで動かねばならない経験を嫌《いや》というほどしてきたので、ほかの娘たちがやっているように、俸給《ほうきゅう》を自分の荷の中にしまう気になれないのだ。

その夜も店は大入り満員で、下働きの娘たちは、今夜もきっとご祝儀が出るよ、と、ささやきあった。

「ね、客の入りは、どう? 今夜は、どのくらい、くれるかな」

お盆《ぼん》に料理の皿をのせて、厨房から出ようとしたとき、皿洗いをしている娘にささやかれて、バルサは笑いながら、早口にささやきかえした。

「一昨日《おととい》の晩より多いよ。ぜったい」

皿洗いの娘たちが、きゃあきゃあ喜んでいる声を背中で聞きながら、バルサは、うきうきしながら店に出た。

騒々《そうぞう》しく手をあげて、注文しようと呼びとめる客のあいだをぬい、揚《あ》げ物《もの》をたのんだ客の前に料理の皿を置いて、目をあげたとき、斜《なな》めむこうの賭博卓にすわっている客と目が合った。

心《しん》ノ臓《ぞう》がひとつ、強く打ち、バルサは凍《こお》りついたように動きを止めた。

客もまた、愕然《がくぜん》とした顔でバルサを見ていた。

その男は、盗賊が襲撃してきたとき、バルサたちを置いて逃げた護衛士のひとりだった。

男の目が、信じられぬものを見るように自分を見ている。その目が、やがて、うろたえて揺《ゆ》れた。――それを見たとたん、かっと頭に血がのぼった。

店の中で騒ぎを起こしてはいけない。そんなことをしたら二度とこの街で働けなくなる。そう思ったが、頭の中が煮《に》えたったようになって、どうしてもおさえきれなかった。耳の奥に血が流れる音が聞こえる。

バルサは、食卓のあいだをぬって男に近づいた。バルサが来るのを見て、男は腰を浮かしかけたが、いっしょに賭博卓を囲んでいる男たちに、なにか問いかけられると、こわばった顔で笑いながら、ふたたび腰をおろした。

バルサが脇に立つと、男は頰《ほお》に笑《え》みをはりつけたまま、バルサを見あげた。

男の仲間たちが、いぶかしげな声をあげた。

「知りあいか？……ずいぶん怖《こわ》い顔をしてるじゃねぇか」

「ノラン、おまえ、なんか悪いことでもしたんじゃねぇか？」

仲間たちの揶揄《やゆ》をふりはらうように、ノランは手を振った。

「まえに、いっしょに旅したことがある娘だよ。隊商の護衛士の娘でよ。先にはじめててくれや」

ノランは卓から立ちあがり、顎をしゃくって、部屋の隅《すみ》にバルサを連れていった。

ひっくりかえしてあったきたない小卓を自分で据《す》えなおし、椅子もひっぱってきて、どかっと腰をおろすと、バルサにも座るようにうながしたが、バルサは首を振った。

「……おまえ、生きてたんだな、びっくりしたぜ」

あっさり言われて、バルサは、うなるように答えた。

「生きているとは、思ってもいなかったってわけだ。――あんたは、盗賊の群れのまん中に、わたしらを置いて、スタコラ逃げだしやがったんだからな」

ノランの頬が、こわばった。

「人聞きの悪いことを言うんじゃねぇよ。おまえらは気づかなかっただろうが、盗賊は二手《ふたて》に分かれてたんだぜ。おれたちは、それに気づいて、後ろから襲《おそ》ってこようとしていたやつらと闘ってたんだよ」

バルサは鼻で笑った。

「よく言うよ。あんたは、わたしのすぐ前にいたんじゃないか。盗賊の分派が後ろから襲ってきていたって？　わたしの前にいたやつが、どうやって、それに気づけたんだい」

ノランが口をあけかけて、また閉じるのを見ながら、バルサは言った。

「……思いだしたよ。あんた、ずいぶん妙な動きをしたよね、あのとき。

地崩《じくず》れで落ちていた、あの大きな岩のそばまで来たとき、わたしの脇——断崖《だんがい》のほうへ身をよせたよね。盗賊の射手《しゃしゅ》は、あの岩の後ろに潜《ひそ》んでやがった。なんで、あんた、それを知ってたんだい？」

ノランの目に、ぽつっと凶悪《きょうあく》な光が浮かんだ。

「言いがかりは、そこまでにしときな、小娘。……いいかげんにしねぇと、この場で、潰《つぶ》すぞ」

それを聞いたとたん、バルサは皿の脇にのせていた小刀を手にとり、ノランが動く間もあたえず、その耳もとに、ぴたっと刃先《はさき》をつけた。

「やってみな、と言いたいところだけどさ、店に迷惑《めいわく》をかけるわけにはいかないから、ここは見のがしてやるよ。——だけど、外に出たら背中に気をつけな」

耳もとに刃先を突きつけられながら、ノランは、せせら笑った。ぎらぎらしたその目には、なにか考えているような色が浮かんでいた。

「……いっぱしの口をきくじゃねぇか」

そう言うや、その後は、バルサを無視して立ちあがり、仲間のほうに向きなおった。

「悪かったな、待たせてよ。……もういいぜ、ゴイ（サイコロ）を振《ふ》れや」

バルサは小刀を皿の上に置くと、すっとノランから離れた。

さいわい、周囲の客は自分たちの賭事《かけごと》に夢中で、いまの短いやりとりには気づいていなかったし、店の用心棒も厨房のほうに顔を向けていて、気づいていないようだった。

煮たった怒《いか》りを胸にかかえたまま、バルサは厨房のほうへ歩きはじめた。背に、ねばっこい視線を感じたが、ふりかえりはしなかった。

「おい」

仕事を終えて、屋根裏部屋へ行こうと階段をのぼりかけたとき、裏口から声がかかった。

すかし見ると、うす暗い戸口で戸《と》締《じま》りをしていた用心棒のヤンが手を振っている。

「なんでしょう」

おりていくと、二つに折って乱雑に封《ふう》をされている手紙を手渡された。

「おまえにだってよ」

ヤンさんの息は酒くさかった。店が閉まったので、客が残していった酒を飲んだのだろう。ジグロなら、決してこういうことはしない、と思いながら、バルサは手紙を受けとった。

「だれからです?」

「さあな。渡しにきたのは、トイ酒場の使《つか》い走《ばし》りだったぜ」

うす暗い二階の廊下《ろうか》の奥の、小さな燭台《しょくだい》の明かりの前で、手紙の封を開いてみると、きたない字が目にとびこんできた。

——ヤバイことが起きた。これを読んだら、すぐ、タラスの船着場《ふなつきば》へ来てくれ。

ジグロ

バルサは鼻を鳴らした。

(へったくそな罠《わな》を仕掛けやがって……)

内通をしていたことを悟《さと》られたノランが、あわてて仕掛けてきたのだろうが、それにしても稚拙《ちせつ》な罠だ。ジグロの筆跡《ひっせき》は、豪胆《ごうたん》で美しい。こんな小ぎたない字は、決して書かないし、〈ヤバイことが起きた〉などという文を書くはずもない。

小娘ひとり、口をふさぐのは造作もないことだとあなどっているのだろう——そう思ったとたん、胸の中で渦巻《うずま》いている荒《あ》れた気分が、凶暴な怒りにかわった。

バルサは手紙を、ぎゅっと握《にぎ》りつぶした。

屋根裏部屋の戸をあけると、寝衣《ねまき》に着がえている娘たちのざわめきにつつまれた。今夜もご祝儀が出たので、声がはずんでいる。彼女らと目が合う前に、壁に立てかけてある短槍をつかんで、バルサは部屋を出た。

3　十五の我《われ》

タラスはホゥラ河沿いの船着場《ふなつきば》のひとつで、ジグロがいるトイ酒場に近い。ここから行くなら、大通りをまっすぐ行くのが早道だった。店の前の大通りは、夜明けから深夜まで人が行きかっているが、酒場も閉まったこの時刻になると、さすがに閑散《かんさん》としていた。

道の両脇《りょうわき》に、ぽつん、ぽつんと立っている常夜灯の明かりが、うすぼんやりとした光を投げかけている。その光に照らされて、自分の影《かげ》が、前になり後ろになりして、まとわりついてくる。

風が強い晩だった。

街路樹の葉ずれに、軒先《のきさき》の板がゆれる音がまじり、いったい何がたてているのか、ひゅうひゅうと笛が鳴るような音も聞こえてくる。

闇《やみ》の中に、高い塔《とう》のようなものが見えてきた。人力《じんりき》では運べない重い船荷《ふなに》を降ろすために使う、巻上げ機だ。昼間なら、馬がつながれて、ぐるぐるまわりながら縄《なわ》を巻きあげていく光景が見られるが、いまは馬の姿はなく、かすかに馬糞《ばふん》のにおいがただよっているだけだった。

その巻上げ機の下に、背の高い人影がたたずんでいた。

常夜灯の明かりがとどくところで、平然と腕《うで》を組んでいる。

バルサは男に歩みよりながら、あたりの気配を探《さぐ》ろうとしたが、風の音が騒《さわ》がしく、船の旗やら荷にかけてある布やらがはためいて、物の影が躍《おど》るので、うまく探ることができなかった。

荷車や野積みにしてある砂利《じゃり》など、人が潜める物陰《ものかげ》は山ほどある。

ふいに、胸の底に、ひんやりとしたものが触《ふ》れた気がした。――ノランは、わざと下手な手紙を書いたのだ。稚拙《ちせつ》な罠《わな》だとあなどれば、自分の腕を信じているバルサが、ひとりでとびこんでくることを、読んでいたのだ……。

常夜灯の明かりに浮《う》かびあがっている男の顔は、酒場で見せていた顔でも、隊商の護衛士をしていたときの顔でもなかった。腹の底から腐《くさ》りきった、悪党の顔だった。

砂利の山の脇を通るとき、バルサは、すばやく、二つ小石をひろって懐《ふところ》に入れた。

近づいていくと、ノランは顔いっぱいに笑《え》みを浮かべた。

「おお、来たか。……いい度胸だ」

そのとたん、バルサは、背後の闇の中から人影がわきだして自分を囲むのを見た。背の高い巨漢《きょかん》は棍棒《こんぼう》を杖《つえ》のように立てて、のっそりと立っているだけだったが、彼《かれ》の脇に立っている三人の男は、それぞれ大きな犬の引《ひ》き綱《づな》をひいていた。

バルサの顔から血の気がひいた。

闘犬《とうけん》だ。巨大な闘犬が三頭、牙《きば》をむきだして唸《うな》っている。大柄《おおがら》な男たちが自分の背に太い引き綱をまわして、体重をかけて抑《おさ》えていたが、それでもじりじりと引きずられるほどの力だった。

「かわいそうになぁ。明日《あす》の夜明けに、この港に来る人足《にんそく》たちゃあ、ぐちゃぐちゃに咬《か》み裂《さ》かれた小娘《こむすめ》の死体を見るわけだ。……犬が相手じゃ、ジグロも娘の復讐《ふくしゅう》のしようがねぇよな」

ノランが、あざけるように言ったが、バルサは応《こた》えなかった。ただ、ひたすらに、いまの状況《じょうきょう》で生きのびるすべをめまぐるしく考えていた。

闘犬は、武人より恐《おそ》ろしい。三頭もの闘犬に、一時《いちどき》にとびかかられたら、決して無傷では倒《たお》せない。そのうえ、たとえ闘犬を倒せても、五人もの男が残っているのだ。

「……おい、ノラン」

背後から声がかかった。棍棒を持って立っている巨漢だった。

「犬を連れてきてほしいってぇから、どんな武人が来るのかと思えば、小娘ひとりかよ」

酒でつぶれた聞きづらい声でそう言うと、巨漢は喉《のど》の奥《おく》で笑った。

「犬にやるにゃ、もったいねぇじゃねぇか。え？」

ノランが、真顔になって首を振った。

「いや、小頭《こがしら》、あまく見ないでくれ。この小娘、見た目に似合わぬ短槍《たんそう》をつか……」

ノランの言葉が終わらぬ間《ま》に、バルサは背後に跳《と》んでいた。まだ引き綱につながれたままの闘犬の一頭にとびかかるや、一撃《いちげき》でその首の脇を突《つ》き刺《さ》し、そのまま槍《やり》を突きだして、引き綱をひいている男の脇腹に突き刺した。

うめき声があがる頃《ころ》には、バルサは犬ごと男の身体《からだ》を蹴《け》って槍を抜《ぬ》こうとしていた。

「このアマ！」

ブンッと風を切る音がした。巨漢が、思いがけぬ素早《すばや》さで、太い棍棒を下からすり上げるように振るったのだ。

身体に刺さってひっかかっていた槍が抜けたとき、わずかに重心が崩れた。その隙《すき》をついて迫《せま》ってきた棍棒を、バルサは避《よ》けきることができなかった。

棍棒は脇腹をかすっただけだったが、それでも身体の芯《しん》にひびくほどの衝撃《しょうげき》がきた。その場で身をまるめて、くずれおちたくなる無力感を必死でこらえ、バルサは咳《せ》きこみながら、よろよろと後ろにさがり、片膝《かたひざ》をついた。

男の棍棒が迫ってくる。バルサは目を見ひらいたまま、その動線を見切り、わずかに身をひねっただけで避《よ》けると、短く握《にぎ》った短槍の石突《いしづき》で、棍棒を握っている男の拳《こぶし》を打った。

咆《ほ》えるような声をあげて、男が棍棒をとりおとした。

その隙にすべてを賭《か》けて、バルサは全身の力をふるえる足にこめて立ちあがると、男の脇を駆《か》けぬけた。

犬を放せ！　という声が聞こえ、すぐに、カシカシと爪《つめ》が地面を掻《か》く足音が聞こえてきた。バルサはふりかえらなかった。ただ、まっすぐに巻上げ機に駆けよると、その櫓《やぐら》の桟《さん》をつかみ、よじのぼりはじめた。

短槍を左手で持ち、右手一本でのぼるのは、思った以上にきつかった。棍棒で脇腹を打たれたときに、肋骨《ろっこつ》にひびが入ったか、折れたかしたのだろう。動くたびに激痛が走る。

だが、止まるわけにはいかなかった。犬たちが、吠《ほ》えながら跳《は》ねあがって、バルサの足にとびつき、ひきずりおろそうとした。足首になまあたたかい息を感じたが、間《かん》一髪《いっぱつ》で、バルサは、犬の牙からのがれた。

短槍を桟にひっかけて身体を安定させたとき、下からノランの声が聞こえてきた。

「……そいつぁ、いい手だ！　よく考えたもんだ！　ひと晩じゅう、そうやって蟬《せみ》みてぇに、そこにくっついているか？」

そうあざけってから、ノランは、背後につっ立っている男たちをふりかえってどなった。

「おい、おまえら、すこしは頭を使えや！　その砂利の山から小石をとって、あいつに投げろ！」

男たちが砂利の山に走りよっていくのを見ながら、バルサは息をととのえて、どなった。

「ノラン！」

ノランが、こちらをふりあおいだ。

バルサは懐から小石をとりだすと、ノランの顔めがけて投げつけた。

礫打《つぶてう》ちの鍛練《たんれん》をつんだバルサが投げた小石は、あやまたずノランの眉間《みけん》を打った。

ノランは白目をむいて、背後に倒れた。

それを見とどけると、バルサは巻上げ機の縄を右手でぎゅっとつかみ、桟を蹴《け》って宙に跳ねとんだ。重い荷を吊《つ》りさげるための縄は、みごとにバルサの体重を支え、振り子のようにその身体を河の上まで運んでいった。

もやってある河船《かわぶね》をわずかに越《こ》えて、河面《かわも》の上まできた瞬間《しゅんかん》、バルサは手をはなし、河へと飛びこんだ。

わずかに、見切りがあまかった。

船端《ふなばた》に左肩《ひだりかた》がこすれて、焼けるような痛みが走った。それから全身を殴《なぐ》られるような激しい衝撃がきて、冷たい水にのみこまれた。身体はいったん河底まで沈《しず》み、爪先《つまさき》が底の砂利をかすった。そして、ゆっくり浮きあがっていった。

水にたたきつけられた衝撃と、水の冷たさとで、気が遠くなりかけていた。バルサは必死でもがき、左手に触れた何かをつかんだ。船端に防舷材《ぼうげんざい》をくりつけている綱だった。上からは、ゆったりと流れているように見えるホゥラ河だが、こうして漬《つ》かっていると水流は速く、必死で綱につかまっていても、いまにも押《お》し流されてしまいそうだった。

手をはなしたら最後、おぼれて死ぬ。だが、春とはいえ、水は身を切るように冷たくて、手の感覚がなくなりつつあった。手に力が残っているうちに、船によじのぼらねばならない。

　バルサは右手に持っている短槍を防舷材に差しこみ、両腕の力だけでぐうっと身体を持ちあげた。

　左の脇腹に激痛が走って、びくんっと腕がふるえ、力が抜けそうになったが、とっさに歯で防舷材の留め綱を嚙《か》んで身体が落ちるのをおさえ、左手で船端をつかんだ。防舷材に足をのせると、ようやく身体が安定して、すこし楽になった。

　男たちはまだ近くにいるだろう。船にのぼれば姿が見える。きつくても、このまま待たねばならなかった。

　暗い河面を、川風に乗って、切れぎれに男たちの声が渡《わた》ってきた。

「……ねぇ小娘だ。――ああいうのを……に入れられたら、ノランなんぞより、役に……」

　巨漢の低く笑う声が、聞こえてきた。

「おめぇは、まだまだだな。ノランが役にたったのは、はなから根っこが腐ってたからだよ。ああいう小娘は、腐らすのに手間がかかる。この状況で折れねぇ小娘なんぞ、めんどうくさくて、使えるか。……おい、ノランが生きてるかどうか、見てみろや。生きていたら、担《かつ》いでいってやれ。死んでたら、そのまま、うっちゃっとけ」

男たちの声と犬の吠え声が遠ざかり、聞こえなくなっても、バルサはそのままの体勢で、じっとしていた。

そのうちに、手のふるえがひどくなってきた。これ以上はもたない。バルサは、じりじりと足に力を入れて背をのばすと、船端に半身を突きだして、甲板《かんぱん》にころがり落ちた。

船乗りたちはみな陸《おか》にあがっているのだろう、留守番もおらず、人の気配はなかった。犬の吠え声も聞こえない。綱が風にあおられて帆柱《ほばしら》にあたる音が響《ひび》いていた。

甲板に倒れたまま、バルサはしばらく身動きできずに、ただ、せわしなく息をしていた。息をするたびに脇腹に刺されたような痛みが走る。びしょぬれで、寒くてたまらなかった。

ぎゅっと腕をまわして自分の身体《だ》を抱き、足をちぢめて、バルサはふるえていた。

このまま、ここにいたら凍《こご》え死ぬ。起きあがって、動かねば……。

芋虫《いもむし》のようにもがいて、船端に背をつけて半身を起こしたとき、ふいに、星空が目にとびこんできた。氷のかけらを満天に散らしたような、怖《こわ》いほどに冴《さ》えた星空だった。

――風が天を洗っていったんだ……。

耳の奥に、むかし聞いた幼なじみの言葉がよみがえってきた。

そのとたん、涙《なみだ》があふれた。

冷えきった頬《ほお》に、あとからあとから熱い涙が伝った。

腐った下種《げす》たちとどなりあい、犬や人を突き刺し、殴られ、びしょぬれのドブネズミみたいになってふるえている自分のくだらなさが胸にせまってきて、涙が止まらなかった。


なかば気を失いかけた状態で歩いていたのだろう。ジグロが住みこんでいるトイ酒場まで、どうやってたどりついたのか、おぼえていなかった。

まっ暗な建物の中で、ひとつだけ明かりが灯《とも》っている窓があった。二階の端《はし》の、ジグロに割りあてられている部屋だ。

用心棒として住みこんでいるとき、ジグロは、店員のだれかが起きて働きはじめるまで、眠《ねむ》らない。幼い頃、バルサはふしぎに思って、なんで寝《ね》ないのか、たずねたことがある。もうみんな寝てしまって、ケンカ騒ぎを起こす人もいないのに、と言うと、ジグロは笑って、泥棒《どろぼう》や夜盗《やとう》から店を守るのも用心棒の仕事だからな、と、答えたものだ。ジグロは仕事についている日は、たとえ眠る前でも酒は飲まなかった。

武術の腕だけでなく、そういう働き方が、どこの店でも雇《やと》い主《ぬし》に高く信頼《しんらい》されたのだろう。店を去るときには、かならず高評《こうひょう》の評価状をもらえた。——ジグロは、そうやって一流の用心棒としての定評を得てきたのだった。


寒さにふるえながら、明かりのついた窓を見あげ、バルサはじっと立っていた。

そして、ようやく心を決めて口をひらくと、かぼそい声で、ジグロを呼んだ。

ややあって、窓が開《ひら》き、ジグロが顔を出した。

「おう、どうした」

明かりを背負っているので、どんな表情をしているのか見えなかったが、ジグロの声は、ごく平静で、ずぶぬれで立っている娘を見ておどろいているという感じではなかった。

「……ジグロ、わたし、馬鹿《ばか》をやっちまった……」

バルサは、ジグロを見あげて、細い声で言った。

「店に、ノランが来てさ……あいつが、わたしらを盗賊《とうぞく》に売ったんだって、わかったから、ゆるせなくて……」

バルサは歯をカチカチ鳴らしながら、今夜の顚末《てんまつ》を語った。うかうかと罠にはまってしまったこと。ノランは、この街のゴロツキたちとつるんでいたこと。自分が生きているとわかれば、あのゴロツキたちは放《ほう》ってはおかないだろうこと。

そこまで話しおえると、バルサは頭をさげた。

「……だから、この街を、出ます。しばらく会えないけど、心配しないで、ください」

ジグロはなにも言わなかった。バルサは頭をさげたまま、じっと立っていた。

ややあって、ジグロの声が降ってきた。

「馬鹿か、おまえは。――裏口を開けてやるから、しずかに入ってこい」

ジグロの影が内側にひっこみ、窓がしまる音がした。

ジグロの姿が消えるや、バルサは、こわばっている身体を必死に動かして、トイ酒場に背を向けて、よろよろと走りだした。

冗談《じょうだん》ではない。事情を話しにきただけで、助けてほしくて来たわけではないのだ。

自分では、かなりの速さで走ったつもりだったが、裏木戸にたどりつく前に背後から襟首《えりくび》をつかまれてしまった。

もがこうとしたとたん、後ろ頭を一発はたかれた。ジーン……と、頭全体がしびれるほどの一発で、めまいがして、がくんっと膝の力が抜けた。――そして、なにもわからなくなった。

気がつくと、毛布でくるまれて、暖炉《だんろ》の前に寝かされていた。

暖炉に面している毛布から、うっすらと湯気がたっている。バルサは、左脇腹に手をあてながら、そろそろと身を起こした。

ジグロはおらず、パチパチと炉の薪《まき》がはぜる音だけが響いている。風が強いせいで、ときおり暖炉から風が吹《ふ》きおろしてきて、ふわっと火がゆれた。そのたびに、狭《せま》い部屋に物の影が躍る。

暖炉の前に置かれた椅子《いす》の上には、本が一冊、伏《ふ》せられた形でのっていた。その脇の小卓《しょうたく》には、小刀《こがたな》とクルミがのっている。

ぼんやりと、そのクルミを見ていると、階段をのぼってくる足音が聞こえて、ジグロが部屋に入ってきた。手に茶碗《ちゃわん》を二つ持っている。かすかに湯気がたっていた。

手渡された茶碗を両手でつつんで、バルサは、じっと茶碗の中身を見ていた。

ジグロがお茶をすすりながら口をひらいた。

「……フラハンは隊商の護衛士がよく寄る酒場だから、ちょっと気になってはいたんだが、広いロタ、ほかに街も酒場もたくさんあるのに、ノランがあの店にやってくるとはな。あいつにとっても、おまえにとっても、まずい羽目になったもんだ」

うすく笑って、ジグロは茶碗を小卓の上に置いた。

「ノランのようなやつは一回こっきりの内通者じゃない。十日以上も旅をしていて、裏切りの気配を感じさせなかったし、逃《に》げ方も、ためらいがなくて、あざやかだったからな。あいつは盗賊やゴロツキたちにつながって、うまい汁《しる》を吸い、ゴロツキたちにも重宝されて、長いこと、ああいう仕事をやってきたんだろう」

うつむいたまま、顔をあげないバルサを見ながら、ジグロは言った。

「ともかく、ほとぼりがさめるまで、この街から離《はな》れたほうがよかろうな。間がいいことに、今日の昼過ぎに口入《くちい》れ屋《や》の親父《おやじ》が店に来て、北部にむかう隊商が、北部に精通した護衛士を探しているんだが、行ってくれないかとたのまれた。即座《そくざ》にことわるには条件がよすぎたんで、朝まで考えさせてくれと言っておいたんだが、運がよかったな」

バルサは、ぎゅっと顔をゆがめた。

しばらく、息をととのえていたが、やがて、顔をあげてジグロを見た。

「……やめてよ」

まっすぐにジグロを見つめて、バルサは言った。

「わたしは馬鹿だけど、自分の身の始末くらい、自分でつけさせてよ」

冷静に言おうと思っているのに、唇《くちびる》がふるえ、涙がにじんできた。

ジグロは、じっとバルサを見ながら、口をひらいた。

「なるほど。——それで、おまえはどう始末をつけるつもりだ」

「……なんとでも、なるよ。どっかの街まで行けるくらいの金はあるし、どっかの街に着いたら、そこの酒場にでも雇ってもらえばいい」

「評価状なしでか」

バルサは、つまった。

いま雇われているフラハンから、こんなかたちで離れたら、もちろん店主の評価状はもらえない。きちんとした店は、評価状のない流れ者は雇わないから、住みこめる店を見つけるのはむずかしいだろう。

「評価状のない流れ者の娘を雇うのは……」

バルサは、その言葉をさえぎった。

「わかってるよ！　どんな暮らしだって、なんとかする……」

言いおえる前に、涙があふれた。むちゃくちゃにぬぐったが、あとからあとからあふれて、止まらなかった。

ふいに、大きな手がのびてきて、頭をおしつつんだ。ジグロが両手でバルサの頭をつかんだのだ。大きくて温かい手につつまれて、バルサは、ぎゅっと目をつぶった。

ジグロはそっとバルサの頭をゆすりながら、低い声でつぶやいた。

「……十五の我《われ》には　見えざりし、弓のゆがみと　矢のゆがみ、二十《はたち》の我の　この目には、なんなく見える　ふしぎさよ……」

うたうようにつぶやく声が、耳にこもって聞こえた。

「歯嚙みし、迷い、うちふるえ、暗い夜道を歩きおる、あの日の我に会えるなら、五年の月日のふしぎさを　十五の我に　語りたや……」

ジグロの手が、ゆっくりとはなれても、バルサは目をあけることができずにいた。

「……なんの詩……？」

つぶやくと、ジグロが、喉の奥で笑った。

「おまえが眠くなるといった、ロルアの詩だよ。ロルアは、弓作りの名工でもあったからな」

　バルサは、そっと目をあけた。

　ジグロは微笑《びしょう》を浮かべて、バルサを見ていた。

「そんな、借金しているような顔で、おれを見るな」

　ジグロは小卓の上からクルミをとると、半かけをバルサの手に置いた。

　バルサはクルミを見た。クルミを持っているてのひらに、ぽたぽたと涙が落ちた。

　涙にかすんで、よく見えていない実を、指でほじって殻《から》からとりだそうとしたとき、肋骨に痛みが走って、バルサは顔をしかめた。

　しばらくは、なにをしても、こんなふうに痛みが走るだろう。肋骨など何度も折っている。慣れた痛みではあったけれど、だからといって楽になるわけではなかった。

　バルサの表情を見て、ジグロが言った。

「左の肋骨か」

　うなずくと、ジグロはため息をついた。

「おまえは、あいかわらず左からの攻《せ》めに弱いな」

　ジグロは、もう一個クルミを手にとると、小刀の刃《は》をすっとクルミの割れ目に突き刺し、あっというまに二つに割った。

「さっきの話だがな、隊商はジタンまで行くと言っていたが、おれたちは、トルアンまでの契約《けいやく》にしよう」

バルサは、まばたきをして、顔をあげた。

「……なんで？」

「今年の夏は、新ヨゴで過ごそう。おまえの左脇のあまさは、そのままにしとくと命取りだ。トロガイの家に寄せてもらって、鍛《きた》えなおしてやろう」

トロガイの家、と聞いたとたん、美しい緑の山と、暖かい炉ばたが心に浮かんできた。

「おまえに会えれば、タンダも喜ぶだろう」

そう言って、ジグロはほほえんだ。

飛んでいく鷹《たか》

窓が、わずかに明るみをおびはじめている。

そのぼんやりとした青を見ながら、バルサは、胸に思いがあふれてくるにまかせていた。

(ジグロ……)

あなたに救われ、あなたに育てられたのは、なんと幸せなことだったか。

もはや遠い、あの大きな手の温かさを思いながら、バルサは目をつぶった。

(……わたしは)

あの子に、ああいう温かさを、伝えられただろうか。

明日《あす》になれば、チャグムはカンバルの槍騎兵《そうきへい》を連れて、故国へと旅立っていく。明日の朝が、その顔を見る最後になるのだろう。

ともに駆《か》けぬけてきたすべてが胸に去来した。あのすべては、やがて、チャグムの中でも、自分の中でも、遠くなっていく。

それでも、チャグムもまた、こんな夜明けの思いを、胸にいだく日があるだろうか。

バルサは、目をつぶったまま、小さくほほえんだ。

十五のときには見えなかったことが、いまは、たしかによく見える。——けれど、
三十を過ぎたいまもまだ、見えていないことは、たくさんある。

(……歯嚙《はが》みし、迷い、うちふるえ、暗い夜道を歩きおる、あの日の我に会えるなら)

その耳に、なんとささやこう。

どこかで、鋭《するど》く、鷹が鳴いた。

うす青い夜明けの空へ舞《ま》いあがっていく鷹を思いながら、バルサはまた、短い眠《ねむ》りに吸いこまれていった。


〈おわり〉

文庫版あとがき「私の旅路」

姫路に向かう新幹線の中で、この『炎路を行く者』のゲラを読みました。

はじめは仕事として、細かな校正チェックに気を配りながら読んでいたのですが、いつのまにか物語にのめりこみ、自分がどこにいるのかも忘れ去っていました。

読み終えてゲラから目を上げ、遠く広がる田畑の緑を眺めたとき、ゆっくりと胸に広がってきたのは、静かな安堵《あんど》感《かん》でした。

まだ、大丈夫かもしれない。まだ、書けるかもしれない。――一年半ぶりに、そう思えたのです。


二〇一五年の一月に、家族が肺がんのⅢ期であることがわかり、その日から、家族の看護と脳血管性認知症のある老親の介護に明け暮れる日々がはじまりました。一日の中で、自分の仕事に使うことができるのは三時間ほどで、そのわずかな時間も様々な細かい仕事をこなすうちに、あっという間に消えて、日々変わっていく家族の病状に対応しながら仕事をするだけで、体力の限界という状況になっています。

私はもともと寡作《かさく》な作家ですが、それは、物語を紡《つむ》ぎたいと思う衝動がやってくるのを待つという、実に非効率的な方法でしか執筆ができないからです。何度か、そのスタイルをやめて、技術で物語を作ってみようとしたこともあるのですが、そういう方法では、どうしても納得がいくものが書けませんでした。

もっとも、待つといっても、ただ漫然と待っているわけではなくて、興味のある本を大量に読み、面白い映画や海外ドラマなどを見ながら、脳みそに様々な刺激を与えて、ある日、ぱっと光るように、物語を紡ぎたい、という衝動が心に宿るのを待つのですが、現状では、そんな贅沢《ぜいたく》なことは、まったく出来ません。

この一年半、私の頭の中は空白で、小さな火花すら散ることがなく、ただ恐怖だけがありました。——もう、物語を書くことはできないのではないか、という恐怖です。

作家としては、この数年、私は本当に幸運に恵まれました。夢にも見ていなかった国際アンデルセン賞作家賞をいただき、本屋大賞をいただき、「守り人シリーズ」全巻が素晴らしいドラマとなり、ＮＨＫで三年間にもわたって放送されているのですから。

ドラマは、驚くほど多くの方々が、心血を注いで作ってくださっています。

三年という年月をかけるドラマなので、主役のバルサを演じる綾瀬《あやせ》はるかさんは、シーズン1では三十という年齢より少し若い、粗削りなバルサを演じてくださってい て、激しさの陰に、どこか満たされぬ、哀《かな》しいものがある綾瀬バルサを観《み》るたびに、 私は、「十五の我には」の頃のバルサを思い出していました。

シーズン1には、『流れ行く者』のエピソードも盛り込まれていて、バルサの少女 時代を演じた清原果耶《きよはらかや》さんも、危うさとあどけなさが共存するバルサを見事に演じて くださっていましたし、吉川晃司《きっかわこうじ》さんが演じるジグロが、野宿をしながら、幼いバル サが眠る脇《わき》で書物を読んでいる場面を見たときは、制作者たちが、私の作品を大事に 思ってくださっていることがしみじみ伝わってきて（「守り人シリーズ」すべてのス トーリーを二十二話の中に入れるために、彼らがどれほど苦労をしているか知ってい ますから、なおさら）、思わずテレビに向かって頭を下げていました。

ヒュウゴという一筋縄ではいかない男を鈴木亮平《りょうへい》さんが演じてくださることになっ たのも、とてもありがたいことでした。初顔合わせのときに『炎路を行く者』をお渡 ししようとしたら、にやっと笑って、「先生、全巻読んでますよ」とおっしゃった、 その顔は、まさしくヒュウゴでしたから。

そういう幸運を得た一方で、私生活では、なぜこれほどに、と思うほど哀しくつら いことが続きました。私にとっては何よりも大切な家族が命の危機にあり、物語を書くことがまったく出来ない日々が、ずっと続いていて、この状況がこの先どのくらい続くのかもわからない。一刻でも長く続いて欲しいと焼けつくような思いで願いながら、その一方で、長く続くその時間は苦しみでもあるのですから。

そんな中、私に関する展覧会が世田谷《せたがや》文学館を皮切りとして日本各地の文学館で始まることになり、二番目の会場である姫路文学館で、ドラマのプロデューサーが制作秘話を語るイベントが行われました。そのイベントに参加するために、姫路に向かう新幹線の中で、この『炎路を行く者』のゲラを読んだのです。

この物語を書いた時からいままで、幾度となく読み返した物語です。もちろん内容はすべて知っています。次に何が起こるのか、どう展開するのか、よくわかっています。それなのに、ゲラを読むうちに、私はいつの間にか、書いていたときに良く似た胸の高鳴りを感じ始めたのです。

まだ、死んではいない、と、そのとき思いました。〈物語の鼓動〉はまだ、私の中で脈打っている。かすかだけれど、まだ、生きている。そう感じることができたのです。

十五の我には見えなかったものが二十歳の我には見えるように、いまは見えないものも、いずれは見える日が来るのかもしれません。そして、そのとき、私はきっと、新たな物語を紡ぐことでしょう。

ドラマのシーズン3撮影開始で、とてもお忙しいなか、素晴らしい解説を書いてくださった片岡敬司《かたおかひろし》さん（解説を読ませていただき、片岡さんにドラマを作っていただいていることの幸運を痛感しました）、いつも美しい色づかいで表紙を描いてくださる中川悠京《なかがわゆうけい》さん、家族の様々で仕事が滞りがちの私を、一生懸命支えてくれている秘書の加藤晶子《あきこ》さん、いつも隅々にまで心を配り、素晴らしい文庫に仕上げてくださっている担当編集者の鈴木真弓さんと新潮文庫編集部のみなさんに、この場をお借りして心からの感謝を捧《ささ》げます。

本当に、どうもありがとうございました。

平成二十八年十一月十五日　日吉にて

『炎路を行く者』解説

片岡敬司

『精霊の守り人』シリーズの実写ドラマ化を提案したのは5年前のことだ。その時の企画書に、私はこの作品をドラマにしたい3つの理由を記した。「ストーリー展開の速さ」「登場人物の魅力」「壮大な映像美」だ。しかし、一番の理由はここにはない。それを書けばこの企画は通らなかったかも知れないし、当時の自分に正しく書けたかどうかすら怪しい。

人類が地球上に誕生して以来、私たちのDNAには、この世界の成り立ちの記録が残されている、と私は信じている。そこには、私たちがこの世に生を受ける「意味」が、生きる力の「源」が記されている。仮にこれをメッセージと呼ぼう。メッセージの内容は言葉で説明できるものではない。優れたクリエイターによる「物語」や「音楽」を通して私たちの心に呼び起こされるのだ。ファンタジーと呼ばれる作品には特にこうした側面が強いのだが、それは、本書を読まれているみなさんなら良くお分かりのことと思う。『精霊の守り人』でナユグという設定に触れたとき、私のDNAはざわついた。それは科学的には突拍子もない設定だろうが、ナユグがあると思うと、全《すべ》てが解明されてしまったかのような窮屈な世界が風船のように弾《はじ》けて広がり、むしろ、本能的に感じている世界に近くなった気がしたのだ。

上橋菜穂子さんにお会いして、真っ先にお聞きしたのは「ナユグってなんですか？」という、今にして思えば身も蓋《ふた》もない質問だった。「ナユグとは、別の生態系を持った、人や神の意思とは全く関係のない世界です」上橋さんの答えは気持ちいいほど具体的で、私は舌を巻いた。本書「炎路の旅人」でもそうだ。テレパシーと言われると何か煙に巻かれた印象が残るが、互いの首にタラムーが巻き付いたのだと言われると妙に素直に納得がいく。むむっ！この人はメッセージの伝え方を知っている！上橋菜穂子とはそういう作家なのだ。上橋さんのお話を聞けば聞くほど、私の思いは明確になった。「守り人」シリーズには、「ストーリー」や「登場人物」や「映像美」の向こうに「メッセージ」がある。そしてそれは、国境や人種や宗教を超えて、私たちがこの世に生きることの意味を教えてくれる。困難な時代に道を切り開こうとする私たちに、みなぎる力を与えてくれるのだ。『精霊の守り人』を映像化したい私の一番の理由は、これだった。

しかし、こうした動機は、会議の場では伝え方を間違えると「観念的だ」のひとことであっさり切り捨てられてしまう。現に、ファンタジー系のドラマ企画はNHKでほとんど採択された例《ため》しがない。という訳で、私は「メッセージを伝える」という、端から見ればかなり〝あぶない〟野望を胸の奥底に隠したまま、ドラマ制作の準備にとりかかった。

初めに取り組んだのは、神様って何だろうという、これまた〝あぶない〟テーマだ。「メッセージ」がこの世の成り立ちにかかわるものである以上、このテーマから逃げるわけにはいかない。「守り人」シリーズは「神」のモチーフに満ちているではないか。脚本家とデザイナーを連れて、私は「辺境」「聖地」と呼ばれる地を取材して回った。中国雲南省《うんなんしょう》の少数民族をたずね、日本古来の神社のご神域を訪れ（勿論《もちろん》、お許しをいただいて）、そして、ネパールの奥地、ヒマラヤ山脈に近いとある村で、とうとう神様に出会ったのだ。私たちの宿泊する山小屋は標高3千メートルにあった。日が暮れてあたりは真っ暗。懐中電灯の光すら吸い込まれてしまう闇《やみ》の中で、ふと見上げると、天空に光り輝く峰々があった。標高8千メートルのヒマラヤ連峰にはまだ日光が当たっていて、雪の残る白い峰を輝かせていたのだ。私は息を呑《の》んだ。想像の域を超えた、人類のキャパシティーを超えたものがそこにあった。これが「神」なんだという感動で心が震えた。気づくと、私の傍らに10歳くらいの少女が立っていた。大きな布をマントのように体に巻き、浅黒い顔にきりっとした表情を浮かべ、微動だにせず、射るような眼差《まなざ》しで私を見つめている。「ジグロはどこにいるの?」と尋ねればその少女は答えてくれるかも知れない、そんな錯覚に私はとらわれた。村の少女は、ひと言も発さぬまま闇の中に去って行った。あの少女の目には、口をあんぐり開け輝くヒマラヤを見上げていた私は、どう映っただろうか。思えば、バルサたちの生きる世界はこんな「神」に満ちていたに違いない。決してやさしい神ではなく、人を身構えさせ、鍛え上げるような神々だ。だからこそ、「守り人シリーズ」の登場人物たちはみな芯《しん》が太く、力強い。「人のキャパシティーを超えるもの」それが作品世界の大きなコンセプトとなった。

綾瀬はるかさんも、実は「メッセージ」の何たるかを知る一人だと私はにらんでいる。バルサを演じていただくにあたり、私はネパールの神様体験を話して、キャラクター作りに生かしてもらおうと準備を整えていた。ところが、この国民的女優は私の意表をつくアプローチを試みた。キャラクターの説明などお構いなく、ひたすら10ヶ月、アクショントレーニングに汗を流したのだ。「まずはカラダからねッ!」とあの屈託のない笑顔で私たちを煙に巻き、マッチョなスタントチームを相手に、来る日も来る日もフラフラになるまでジャージ姿で稽古《けいこ》棒を振り回した。バルサのキャラクターを言葉で理解することは容易《たやす》いが、バルサの抱く世界観に言葉で近づくことは難しい。世界観を偽った芝居では「メッセージ」は伝わらない。綾瀬さんは、そう感じたに違いない。自らの限界と対峙《たいじ》することで、頭ではなく体でバルサを摑《つか》もうと格闘したのだ。いつしか私は、女優綾瀬はるかに、あのネパールの少女を重ねていた。

綾瀬さんの思いをくんで、ドラマ『精霊の守り人』シーズン1の撮影は、バルサと王宮の狩人《かりゅうど》たちの5分にわたる壮絶な死闘から始められた。九州の原生林の中、数日間にわたり過酷極まりない撮影が繰り広げられた。「正直、もう無理だと思った」とは、綾瀬さんの弁。だが、努力は実った。この時バルサの魂は、綾瀬はるかの中に確かに宿ったのだ。ちなみにこの時、あろうことか私は風邪をひいて声も出ず、熱にうかされながら演出をしたのだが、朦朧《もうろう》とした意識の中で、バルサと共にあのヒマラヤの輝く峰々に向かって短槍《たんそう》を振りかざす自分の姿を見たような気がした。まるで歯が立たないのに、ひたすら真剣で、滑稽《こっけい》ですらあった。『精霊の守り人』を映像化するとは、私にとってまさにそういうことなのだ。

何だか、調子に乗ってドラマ化にまつわる話ばかりを書いてしまったが、本書『炎路を行く者』についてもいろいろエピソードがある。初めて「守り人」シリーズを読んだ時、何とも腑《ふ》に落ちないことがあった。『蒼路の旅人』第三章、タルシュ帝国に向かう船の甲板でヒュウゴがひとり物想《おも》う場面の一文だ。

その人は、よく、今日のチャグム皇太子とおなじような目で、異界を見つめていた。

その人って誰？　気になってしょうがなかった。その人がどこかで登場して、感動のラブストーリーが展開？　チャグムと共に壮大な闘いを？　ドラマ屋としての妄想は膨らむ一方だったが、『蒼路の旅人』に「その人」が登場することはなく、後に続く『天と地の守り人』三部作を読み終えても、「その人」は現れなかった。「炎路の旅人」を読んでようやくそれがリュアンだと分かり、そこには期待に違《たが》わぬドラマがあって、不覚にも涙した私であったが、それにしてもである。なんと意地悪いことをする著者であろうか。その理由は単行本版のあとがきを読んで分かったが、私と同じような苦しみ(?)を大勢のドラマスタッフが味わったことを、上橋さん、記しておきます。それはともかく、「炎路の旅人」を読むと俄然《がぜん》ヒュウゴが好きになる。どんなに堕《お》ちても、心の底に揺るぎない誠を持った、泣ける男なのだ。ヒュウゴを演じる鈴木亮平さんも本書に感銘を受けて、演技や台詞《せりふ》について素敵な提案をいただいた。

「十五の我には」は私にとって珠玉の一編だ。人の成長、親子の絆《きずな》、名曲「上を向いて歩こう」を想わせるロルアの詩、流れ行く〝時〟の不思議……かけがえのない宝物だらけの短編だ。なかでも、酒場の隅で詩集を読むジグロの姿は、その人生の重さと共に私の心に深く突き刺さった。ドラマにこのエピソードを盛り込めないのは痛恨の極みなのだが、ひとつだけ、私のこだわりで作った情景がある。第1シリーズで、6歳のバルサとジグロが森で野宿している場面。ジグロはたき火のそばで静かに書物を読んでいる。その手にあるのは、勿論、ロルアの詩集だ。映像ではよく分からないが、紙面には「十五の我には」の詩が書かれている。この場面にハッと思われた方は、相当に上級の「守り人」ファンに違いない。

原作小説を映像化するにあたり、一番気をつけたことは何かとよく聞かれる。答えるのが難しい質問だ。勿論、全てに気をつけている。制約の許す限りは。そして、現実的な制約の多さに何度も心が折れそうになる。そんな時、私が死守するのは、原作を読んだ時の感動に嘘《うそ》をつかないことだ。「守り人」シリーズは私の中の「メッセージ」を呼び覚ましてくれた。そのことを片時も忘れないことが、監督としての私の心構えだ。今、この文章を書いている私は、第3シーズンの撮影に入ろうとしている。第3シーズンの前半は、ファン待望の『闇の守り人』だ。そして、その後に『天と地の守り人』の壮大なクライマックスを迎える。人とこの世が織りなす不思議を目の当《ま》たりにしたバルサは、最後に何を想うのか。完成までの道のりはまだ果てしなく厳しいが、バルサとお別れする時が近づくと思うと、すでに寂しい。

（平成二十八年十月、ＮＨＫエンタープライズ　エグゼクティブディレクター・演出家）

この作品は平成二十四年一月偕成社より刊行された。

上橋菜穂子著

精霊の守り人

野間児童文芸新人賞受賞
産経児童出版文化賞受賞

精霊に卵を産み付けられた皇子チャグム。女用心棒バルサは、体を張って皇子を守る。数多くの受賞歴を誇る、痛快で新しい冒険物語。

上橋菜穂子著

闇の守り人

日本児童文学者協会賞・
路傍の石文学賞受賞

25年ぶりに生まれ故郷に戻った女用心棒バルサを、闇の底で迎えたものとは。壮大なスケールで語られる魂の物語。シリーズ第2弾。

上橋菜穂子著

夢の守り人

路傍の石文学賞・
巌谷小波文芸賞受賞

女用心棒バルサは、人鬼と化したタンダの魂を取り戻そうと命を懸ける。そして今明かされる、大呪術師トロガイの秘められた過去。

上橋菜穂子著

神の守り人

（上 来訪編・下 帰還編）
小学館児童出版文化賞受賞

バルサが市場で救った美少女は、〈畏ろしき神〉を招く力を持っていた。彼女は〈神の子〉か？ それとも〈災いの子〉なのか？

上橋菜穂子著

天と地の守り人

（第一部 ロタ王国編・第二部 カンバル王国編・第三部 新ヨゴ皇国編）

バルサとチャグムが、幾多の試練を乗り越え、それぞれに「還る場所」とは――十余年の時をかけて紡がれた大河物語、ついに完結！

上橋菜穂子
チーム北海道著

バルサの食卓

〈ノギ屋の鳥飯〉〈タンダの山菜鍋〉〈胡桃餅〉。上橋作品のメチャクチャおいしそうな料理を達人たちが再現。夢のレシピを召し上がれ。

小川洋子著
薬指の標本
標本室で働くわたしが、彼にプレゼントされた靴はあまりにもぴったりで……。恋愛の痛みと恍惚を透明感漂う文章で描く珠玉の二篇。

小川洋子著
博士の愛した数式
本屋大賞・読売文学賞受賞
80分しか記憶が続かない数学者と、家政婦とその息子——第1回本屋大賞に輝く、あまりに切なく暖かい奇跡の物語。待望の文庫化！

小野不由美著
魔性の子
—十二国記—
孤立する少年の周りで相次ぐ事故は、何かの前ぶれなのか。更なる惨劇の果てに明かされるものとは——「十二国記」への戦慄の序章。

小野不由美著
月の影　影の海
(上・下)
—十二国記—
平凡な女子高生の日々は、見知らぬ異界へと連れ去られ一変した。苦難の旅を経て「生」への信念が迸る、シリーズ本編の幕開け。

恩田陸著
六番目の小夜子
ツムラサヨコ。奇妙なゲームが受け継がれる高校に、謎めいた生徒が転校してきた。青春のきらめきを放つ、伝説のモダン・ホラー。

恩田陸著
夜のピクニック
吉川英治文学新人賞・本屋大賞受賞
小さな賭けを胸に秘め、貴子は高校生活最後のイベント歩行祭にのぞむ。誰にも言えない秘密を清算するために。永遠普遍の青春小説。

炎《えん》路《ろ》を行《ゆ》く者《もの》

—守り人作品集—

新潮文庫　　う - 18 - 14

平成二十九年一月一日発行

著者　上《うえ》橋《はし》菜《な》穂《ほ》子《こ》

発行者　佐藤隆信

発行所　株式会社　新潮社

郵便番号　一六二—八七一一
東京都新宿区矢来町七一
電話　編集部(〇三)三二六六—五四四〇
　　　読者係(〇三)三二六六—五一一一
http://www.shinchosha.co.jp

価格はカバーに表示してあります。

乱丁・落丁本は、ご面倒ですが小社読者係宛ご送付ください。送料小社負担にてお取替えいたします。

印刷・錦明印刷株式会社　製本・錦明印刷株式会社

ISBN978-4-10-130284-3　C0193